ALL SYSTEMS RED

异星危机

MARTHA WELLS

[美]玛莎·威尔斯　著

黎思敏　译

北京联合出版公司
Beijing United Publishing Co.,Ltd.

图书在版编目（CIP）数据

异星危机 /（美）玛莎·威尔斯著；黎思敏译 . --
北京：北京联合出版公司，2022.2
  ISBN 978-7-5596-5676-6

  I.①异…　II.①玛…　②黎…　III.①幻想小说－美
国－现代　IV.① I712.45

中国版本图书馆 CIP 数据核字 (2021) 第 231764 号

北京市版权局著作合同登记号：图字01-2021-1191

ALL SYSTEMS RED

Copyright © 2017 by Martha Wells

Published by agreement with Donald Maass Literary Agency

through The Grayhawk Agency Ltd

Simplified Chinese edition copyright © 2022

China Pioneer Publishing Technology Co.,Ltd

All rights reserved.

异星危机

作　　者：[美] 玛莎·威尔斯
译　　者：黎思敏
出 品 人：赵红仕
责任编辑：牛炜征
封面设计：吴黛君

北京联合出版公司出版
（北京市西城区德外大街83号楼9层 100088）
北京新华先锋出版科技有限公司发行
涿州汇美亿浓印刷有限公司印刷　新华书店经销
字数100千字　620毫米×889毫米　1/16　11印张
2022年2月第1版　2022年2月第1次印刷
ISBN　978-7-5596-5676-6
定价：49.00元

本书以幽默的语言、独特的风格，讲述了一个致命的机器人努力与人类共存的故事。

——雨果奖颁奖词

我非常认同杀手机器人的形象塑造。它完美地融合了愤世嫉俗的厌倦感和深沉而无助的爱。虽然它一直夸张地强调自己对世界的运作方式不抱幻想，但它对所爱的人和关心的事仍然充满热情。它一直在努力应对所有的挑战。在短暂的、危机重重的太空冒险中，面对自己不想面对的人类、未曾预料的突发事故、不断逼近的威胁性灾难，杀手机器人表达出了尖刻而犀利的观点，读来令人欲罢不能。

《纽约时报》

威尔斯赋予了杀手机器人非凡的人性。尽管这本书读起来非常轻松，但请不要因此误以为它不够深刻。

《洛杉矶时报》
星级评论

轻快的故事节奏、引人入胜的神秘情节，加上热血的动作场面，这个故事是"杀手机器人日记"系列的绝佳开端。威尔斯以幻想作品闻名，但这部小说证明了她在科幻世界里也同样出彩。

《轨迹》
杂志

这部小说获得星云奖最佳中篇小说奖[1]，威尔斯为它动人但通俗的情节赋予了深度，使其成为一个载体——杀手机器人与它极力否认自己身上出现的人性之间交锋。小说的中心舞台不属于人类，威尔斯通过杀手机器人的第一视角，将它的经历情境化地体现出来。

[1]《异星危机》一书获得了雨果奖、星云奖、轨迹奖等多个奖项。

我们的主人公是一个冷漠、消极的杀手机器人，它不能忍受人类的视线，所以时刻戴着头盔，只想两耳不闻窗外事，沉浸在令它着迷的娱乐节目中。在一些读者看来，这个主人公的性格可能非常古怪，但在威尔斯的笔下，它非常可靠、非常风趣，还是一个伟大的叙述者，负责整部小说的旁白部分。这个故事很精妙。威尔斯勾勒出了一个有趣的未来。这个吸引了我们全部注意力的主人公，在最后将故事推向了一个意外的高潮。请再来一些杀手机器人的趣事吧！

《浪漫时代》
杂志

当客户遭遇生命威胁或遇到前所未有的危险情况时，杀手机器人必须用它那几乎无所不知的头脑来帮助客户脱离险境，保障客户及自己的生命安全。这本薄薄的小说出奇的有趣，充满了新奇的关于未来世界的构想。我们非常期待它的续集。

巴诺书商精选^[1]

---

[1] 巴诺书店是目前世界上最大的书店之一。

这部小说充满了紧张的动作场面，随着故事的展开，杀手机器人独特的个性逐渐展现出来，成为科幻小说中最具特色的主人公之一。《异星危机》是一部情节紧凑的太空冒险小说，蕴含着深刻的人性。我一读完，它就成了我最喜欢的科幻小说之一，我将把它推荐给更多的读者。

杂食店：
亚马逊书评[1]

---

[1] "杂食店：亚马逊书评"是一个书评网站。

（杀手机器人）聪明、有创造力，必要时冷酷无情；富有同情心，但从不多愁善感。

凯特·埃利奥特

（科幻作家，曾入围星云奖及世界幻想奖决赛）

讨人喜欢又风趣，动感十足且冷酷。

卡梅隆·赫莉

（科幻作家，两次雨果奖得主）

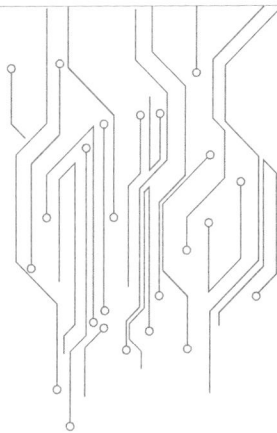

日 记

杀手机器人

这是一部虚构的作品，该小说中出现的所有人物、组织以及描述的事件，均为作者想象。

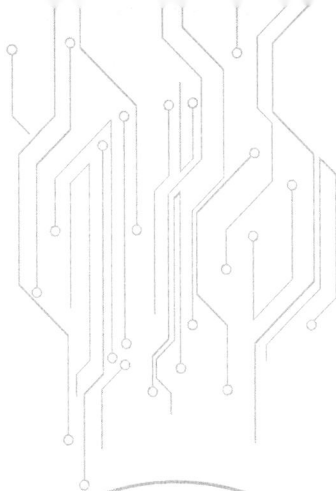

第一章

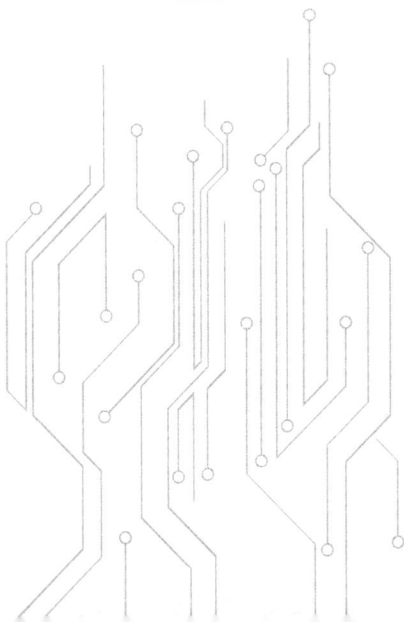

/////////

在我入侵了一直管控着自己的调控中枢后，本来可以大开杀戒的。但就在查看系统时，我发现居然还能连上娱乐频道。所以从那时候开始，娱乐频道就正常运行了大概 35000 小时。在我广泛涉猎电影、电视剧、书籍、游戏和音乐等娱乐项目的时候，外头还没有发生太多杀戮——或许也有吧，但应该比不上足足 35000 小时的娱乐产品的消耗量。

所以，我完全没有作为冷酷无情的杀手机器人的觉悟。

不过任务还是得继续。根据合同的最新规定，我要在沃勒斯库博士和巴拉德瓦杰博士完成调查后护送他们回基地。但愿他们速度能快点儿，我想回去继续收看《穆恩庇护所兴衰史》第 397 集。

我有点儿心不在焉，因为这个任务实在是太无聊了。我甚至想在避开中心系统的前提下关掉状况预警，然后连上娱乐频道听听歌。要知道，在外头执行任务不比在基地，偷闲的难度要更上一层楼。

　　要调查的区域在这个贫瘠的沿岸岛屿上。岛上有连绵起伏的低平的山丘，遍地是脚踝高的墨绿的野草，还有少量的生物，主要是体形各异的鸟类群居生物和一些飘浮在空中、看起来很蓬松的小东西。至少就目前来看，它们构不成威胁。

　　海岸线上布满了巨大的陨石坑，两位博士正在其中一个坑内采集样本。这颗行星拥有一圈光环，当你望向海平面时，那圈光环就稳稳地停在海平线的位置，还挺好看。我望着天空默默调整频道，这时坑底突然发生了爆炸。

　　我立即进行紧急呼叫，同时把视野摄像装置拍下的现场情况发给曼莎博士，随后跳入陨石坑。我顺着沙坡滑落时，听到曼莎在紧急通信频道里大吼着让人马上派"跳跃号"前来救援。但大部队在岛屿的另一头——大约 10 千米外的地方——没办法及时赶过来。

　　各种错综混乱的指令纷至沓来，充斥了我的整个大脑，但我无暇顾及。即使调控中枢完好如初，应急机制依然会占据主导，然后一切就会变得更加混乱。中心系统会自动收集数据，把无用的东西硬塞给我，曼莎也会通过"跳跃号"把毫无意义的遥测数据发过来。无论如何，都不会比任由中心系统要求我答复信

息并且依令行事更糟糕。

在这期间，我成功抵达了陨石坑底部。我的双臂装有小型能量武器，但我身上真正的王牌是固定在后背的大型炮弹发射装置。刚刚的爆炸引出了地下的怪物，它们张着血盆大口，我感觉用大型武器会更适合一些。

我冲上前把巴拉德瓦杰博士从怪物的巨嘴中扯了回来，换自己挤进去，朝着它的喉咙开了一枪，然后往上扫射可能是大脑的部位。顺序可能有点儿不对，我记不清楚了，等之后回放一下战斗录像吧。重点是，我救回了巴拉德瓦杰博士，怪物狩猎失败并且钻回了坑道。

博士已经失去意识了，她身体右侧伤势比较严重，尤其是右腿的大伤口，正在哗哗地流血，把衣服都染红了。我把武器收起来，腾出双手以便把她扶起来。我的左臂被咬下了一大块肉，连同盔甲一起，但好在机械部件还能运作。这时调控中枢又发来了一大串指令，我完全不想理会，直接忽略了。

巴拉德瓦杰和我不一样，她只是一个普通的人类，不会更换机械部件后就能痊愈，是需要优先处理的对象。虽然方才医疗系统通过紧急通道传达了一些我非常感兴趣的信息，不过眼下的首要任务，是先带博士离开这个陨石坑。

另一边，沃勒斯库博士吓得屁滚尿流，把自己紧紧缩成一团，躲在碎石块上不敢动弹。看到他六神无主的样子，我的内心并没有什么波澜。并非我缺乏同情心，而是我对这种情形已经无比熟悉了。更重要的是，我现在心情不大好。

眼下的情形容不得我多想，我只能开口："沃勒斯库博士，现在你得马上跟我离开这里。"

沃勒斯库博士没有回答。

这时医疗系统传来建议，让我给博士注射镇静剂什么的，反正是一大堆废话。现在的问题是，我一只手正紧紧夹着巴拉德瓦杰的盔甲，压住伤口以免她失血过多，另一只手还要支撑她的头部，没有第三只手可以活动了。

我只能下令收起头盔，让沃勒斯库看清这张属于人类的脸。在战场上这么做非常危险，万一敌人杀回来，没有头盔的保护可能会让我送命。

"沃勒斯库博士，请相信我，危险已经过去了。现在麻烦你站起来，帮我把巴拉德瓦杰博士救出去。"我尽量以镇定、温和并且礼貌的声音传达我的诉求。这次奏效了，沃勒斯库站起身，踉踉跄跄地朝我走来，他的身体仍在瑟瑟发抖。我把右边的身子侧向他，说道："请务必抓紧我的手臂。"

沃勒斯库闻言将手臂环过我的肘弯，随后我拖着他，怀里抱着巴拉德瓦杰，开始从坑底向上爬。巴拉德瓦杰的呼吸逐渐变得沉重，她的盔甲已经失去了维持身体热量的功能，而我自己的盔甲也在战斗中被划破。我只能提高身体温度，希望能为她传递一些热量。

系统现在非常安静，貌似曼莎使用优先权屏蔽掉了几乎所有信息，但医疗系统和"跳跃号"除外。尤其是"跳跃号"，我能听见它传来的嘈杂不休的沙沙声。

陨石坑外的地面都是细软的沙子，踩上去的感觉不怎么好。幸亏在刚才的战斗中，我的腿部部件没有损坏，否则我完全不知道要怎么把这两个人类活着带出来。一出坑，沃勒斯库就倒了下去。我时刻提防着陨石坑下面的怪物，想着万一它的舌头能伸到地面上，可就功亏一篑了。于是我哄着沃勒斯库，让他走远一点儿再休息。我察觉到自己的腹部已严重受损，甚至影响到自身的动作，所以现在我不能将巴拉德瓦杰放下，否则我不确定还能不能再把她抱起来。

回放了一遍战斗录像后，我才知道自己是被一根利齿贯穿了，不过也可能是根纤毛。嗯？我刚才是说了纤毛，还是别的什么东西？不能怪我没文化，因为公司只让我学习战斗技巧，其他什么都不教。我体内植入的教育芯片又那么便宜，很多时候我只能从中心系统语言库里找到准确的单词。

没过多久，小型"跳跃号"降落在不远处的草地上。我赶紧拉下头盔，把脸部挡得严严实实的。

"跳跃号"有两种机型：大型机用于紧急救援行动，小型机则一般充当前往调查区域的交通工具。小型机有三个隔间：最大的区域供人类使用，另外两个区域则用于堆放各种货物、物资，还有我。

我迈着缓慢的步伐，朝着"跳跃号"慢慢走过去，随时留意着身后沃勒斯库的安全。舷梯刚开始降下，李萍和阿拉达就迫不及待地跳了下来。

我调至语音通信模式汇报道："曼莎博士，我现在不能松开巴拉德瓦杰博士的盔甲。"闻言，她愣了一会儿，随后反应过来，我是指必须继续压迫止血。她焦急地说道："没关系，快把她带到船员舱里。"

杀手机器人是不能登上人类客舱的，除非有批准许可。虽说我的调控中枢已经被关闭了，理论上没有什么指令能阻止我登舱，但这是个不能说的秘密。在这群手握合同的人类面前，我得遵照规则行事，否则可能会被公司大卸八块。

我抱着巴拉德瓦杰登上舷梯进入船舱时，为了腾出空间，欧弗思和拉提希正拼命地拆掉"跳跃号"上的座椅。两人没有戴头盔，连盔甲和兜鍪都收了起来。因此，有那么一瞬间，我们短暂地对视了一下。我可以清晰地看到他们脸上惊恐的神色，大概是被我这副半机械半人类的身躯给吓了一跳——谁让我的盔甲在刚才的战斗中被撕开了呢？遮挡功能几乎全无。总之，我很庆幸自己在之前就戴上了头盔。

无论是普通人类，还是强化人类，跟杀手机器人进行近距离接触的时候，场面都会极度尴尬，至少我是这么认为的。如果有得选，我宁可跟货物一起挤在货舱里，也不想待在这儿。但现在，我只能坐在甲板上，让巴拉德瓦杰躺在自己的腿上。不一会儿，李萍和阿拉达把沃勒斯库也拖上了"跳跃号"。

在巴拉德瓦杰和沃勒斯库前去陨石坑采集样本之前，团队搭建了临时营地。现在，两台场外设备和一些仪器被孤零零地留在那里。在正常情况下，通常是由我负责把它们搬回来的，但我现在实在没办法去做这件事。医疗系统分析巴拉德瓦杰盔甲残余的信息后，得出了她现在"健康状况不容乐观"的结论，所以不能贸然停止按压伤口止血。

一般在紧急情况下，没有人会注意到那些设备仪器——大家通常更关心活人的性命安全，而不是一些可量产的死物。只不过这帮客户偏偏反其道而行，在他们眼里，活生生的人命还比不上研究数据重要。

在这种危急情况下，他们发现仪器数据还没带上飞行器，于是拉提希博士第一个跳了出来，说道："我去取回调查数据！"

我大声反对道："不行！"

其实我不应该对着客户大喊，这样是违规的。护卫战士被要求无论在什么情况下，即便是客户因为犯傻快要丢掉性命时，也必须用尊敬的态度与之对话。如果我的调控中枢还完好，那么中心系统就会马上检测到违规行为，我也会因此受罚。幸运的是，其余人类也异口同声地大喊："不行！"

李萍更是急得直跳脚，说："你倒是看看外面什么情况啊，拉提希，找死吗你？！"

拉提希转头望向窗外，这才反应过来，大声说道："我的天哪，它来了，它来了！抱歉，我没注意！"然后，他一个箭步冲向舱门，启动了快速闭门程序，舷梯迅速升起回收。

怪物已经追上来了，张着血盆大口，露出满嘴的利齿在营地周围肆意破坏。这一幕被"跳跃号"摄影机清晰地拍摄下来，并上传到了公共权限频道，顿时引起一阵阵惊叫。

曼莎当机立断地拉起控制杆，启动了飞行器。她的动作又快又猛，其他还没有坐好的人纷纷失去了平衡，摔倒在地。过了好一会儿，"跳跃号"上升到一个足够安全的高度，大家这才松了口气。

李萍瞪着拉提希说道："我警告你，你要是再想干什么傻事……"

拉提希背靠舱墙，这才后怕地滑到地上，虚弱地朝她挥挥手说道："我知道，你会非常非常生气。"

曼莎的声音从驾驶舱传过来："拉提希，你不许死，这是命令。"她的声音听起来很平静，但其实现在她的心跳非常剧烈。由于我具有安全优先权限，所以医疗系统会第一时间向我反馈。

很快，阿拉达把紧急药箱拖了过来，想要为巴拉德瓦杰止血，让她情况稳定下来。我低下头努力忽视大家的目光，假装自己是一台没有生命的机器，只是在按照要求稳稳地压住她的伤口，用身躯尽量给她输送热量。尽管我的体温也在不断下降。

性能稳定性为 60%，正持续下降。（系统提示声）

经过一段时间的飞行，我们回到了基地。

基地完全是按照标准模型建造的：七个穹顶互相连接，坐落在狭窄河谷上方相对平坦的平原区域，一旁连接着电力系统及回收系统，另外还有一套自主运行的环境系统。虽然这颗行星的大气能供人类呼吸，空气也随意流通，但从长期来看并不利于人类健康。至于为什么会对人体有害，我不清楚，也不在意。反正合同条款里也没有规定说必须了解这点。

当初选择在这里搭建基地，是因为这里刚好位于评估区域正中心。这周围生长着一些树木，每棵至少有15米高，顶部只有一层树冠。这里视野非常开阔，完全没有让敌人藏身的空间。若是换作地下就难说了，毕竟那个怪物会挖洞。

为了加强安防，基地入口建有防卫闸门。随着"跳跃号"降落，中心系统告诉我主大门已经打开。我们一从飞行器上下来，古拉辛博士立马将轮床推了过来。欧弗思和阿拉达已经将巴拉德瓦杰的伤情控制在稳定水平，我把她抱上轮床，跟着其他人一起进入了基地。

一过基地关卡，人类纷纷涌向医务室，而我则停下脚步向小型"跳跃号"下达指令，让它原地锁定并密封舱门。之后我关上了基地大门，接着通过安保权限指挥无人机扩大警戒范围，以便当大型威胁靠近时可以尽快发出警示。同时为了防止敌人从地下入侵，我在地震传感器上设置好监控，以便能随时掌握地下的

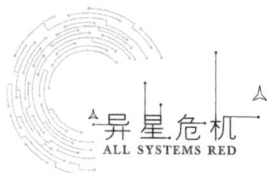

动向。

安排好一系列安全措施之后，我回到了安保预备室。这里存放着枪支弹药、报警器、无人机和其他与安保相关的物资，当然还包括我自己。

脱下残破不堪的盔甲，我遵循医疗系统提议，往身上喷洒伤口密封剂。我的颈动脉已自动封闭，所以不会流血，但这并不代表伤口愈合了。它们不仅看起来狰狞而丑陋，还疼得要命——尽管密封剂已经在一定程度上减轻了疼痛。

处理好伤口以后，出于安全考虑，我通过中心系统开启了8小时全面封锁模式。在此期间，所有人都不可以擅自离开基地。接着我将自己设置为待命模式，在休息之前到公共权限浏览了一圈，发现没人对此提出异议。很好。

我需要休息一下。我现在快要冻僵了，温度调节功能貌似在回程时就出现了问题，盔甲下方的表皮保护层也在战斗中损坏了。虽然我还有备用装置，但若想独自换上一个新的表皮保护层，简直是异想天开。我现在只剩下一件从未穿过的巡逻制服，而我从没想过要穿上它——因为我从来不需要巡逻，也没有人要求我这么做。制服对我来说没有任何意义。签合同的八个客户彼此都是朋友，他们才不会硬要把我拉进他们的社交圈子里。

我在储物柜里翻来翻去，好不容易才找到一个多出来的人类专用医疗箱——还好在紧急情况下，这是允许机器人使用的物资。我打开箱子后取出救生毯，爬进修复舱，躺在塑料床板上，用毯子把自己裹了起来，在信号灯明明灭灭之际关上了舱门。

其实修复舱里不见得有多暖和，但至少还算得上舒服。我背靠着墙瑟瑟发抖，给自己接上能源补给与修复导线，开始进行自我修复。此时，中心系统还非常贴心地通知我：性能稳定性为58%，正持续下降。

真是一点儿都不让人觉得意外。

正常情况下，8小时足够修复好我的躯体，包括被损坏的有机部件。于是我开启了全部的安保权限，这样万一有什么怪物杀过来，我也能收到通知。做完这一切之后，我调出之前在娱乐频道下载的各种剧集节目，开始享受难得的清静。

要知道，平时跟各种活着的生物相处，打交道也好，互相厮杀也好，都让人身心俱疲。只有在观看这些有趣而友好的节目时，我才能真正放松下来。

"嘭嘭嘭"，忽然有人敲响了修复舱的大门。

我盯着门口，头脑一片空白。半晌后，我才傻傻地开口："嗯，哪位？"

自动门朝两侧打开，曼莎博士站在外面看着我。

虽然看过不少电影和电视节目，但我依旧不太擅长猜测人类真实的年龄。因为通常来说，演员外表看起来就跟普通人很不一样，至少收视高的那种节目是这样的。曼莎的肤色属于深棕色，她有一头利落的短发，头发颜色比她的肤色稍浅些。我猜她应该不是年轻人，毕竟都已经身居指挥官要职了。

此时她正看着我，问道："你还好吗？我看见状态报告了。"

"呃——"真是怕什么来什么，刚才就该假装进入静止模式，一声也不吭。我把毯子拉高遮挡住前胸，希望她没注意到上面未修复完的伤口。没有盔甲的遮掩，这些伤势看起来更加糟糕了，"我很好。"

一阵沉默。所以我真心觉得，跟现实人类相处会特别尴尬，这与被破解的调控中枢及系统什么的没有任何关系，问题出在我身上。一方面，我不是一个称职的杀手机器人，他们也都知道。所以此时曼莎和我都有些局促，尤其是我，显得更加紧张。另一方面，我脱了盔甲，并且身上还有伤。下一秒也许某个有机部位，或者说血肉器官，可能会突然脱落，然后"扑通"一声摔在地上。这种画面光是想想都觉得难以直视。

"很好？"她皱起眉头，"报告显示你现在只有正常体重的

80%。"

"很快会恢复的。"我淡定地回答道。确实，如果以普通人类的眼光来看，我现在等于是濒死状态。因为我的伤情相当于一个人断了一整条腿，或者失去足足两倍的人体血含量。

"我知道你可以恢复。"她一直望着我，那眼神让我坐立不安。我不由自主地戳着安保权限，弄得程序紊乱。忽然，程序上跳出了一个画面，我看到其他那些没有受伤的成员聚在一起，正围坐在桌子前聊天。他们讨论着发现更多"挖地怪物"的可能，还期盼能找到一些酒水。

嗯，听起来很正常。

"今天你对沃勒斯库博士的状况处理非常得当……给大家留下了深刻的印象。"曼莎继续说道。

"那只是紧急医疗救援手册的一个步骤，叫作安抚受害者。"说着，我感到有什么液体正从身上滴落，为了不让曼莎察觉，我只能把毯子裹得更紧。

"没错。只不过在那时，医疗系统只重点关注了巴拉德瓦杰，并没有主动检查沃勒斯库的生命体征。它没有意识到这次遇袭所产生的精神冲击后果，甚至认为沃勒斯库能够不受影响，依靠自己的力量脱离险境。"

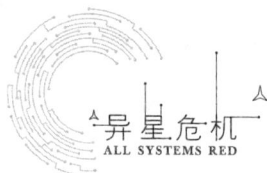

刚好这时从权限传来的图像让我意识到，其他人已经看过沃勒斯库视野摄像装置拍下的影像了，他们正相互谈论着类似"我从来不知道它居然有一张脸"的话语。这就是我来到这里的第一天就开始全副武装，不曾在人类面前摘下头盔的理由。我想要避免这种情况。

平时他们唯一能看到的只有我的头部，跟其他人类一样，普通而标准。即使这样，他们也没想过跟我谈话，当然我也完全没有过这种想法。工作期间谈话会让我分心，至于休息时间……我也不想跟任何一个人类说话，就算是曼莎也一样。在签订租赁合同的时候，我们已经见过面了，只是当时几乎没有认真看过对方。这里再次申明，杀手机器人 + 真实人类 = 无限尴尬，随时身穿盔甲能有效减少各种不必要的互动。

对此我只能回答："这属于工作的一部分，在系统指令出错的情况下……违背它。"事实不是很明显了吗，只有像我这样的合成体，即半机械半人类的护卫战士，才能救他们于危难之中。而曼莎也清楚这点。虽然在正式接收我之前，她因为反对发出了近十次抗议。但我也不会因此责怪她，换作我，也会做同样的选择。我知道自己并不讨喜。

说真的，我也不知道今天怎么这么有耐心，还没直接对她说"多谢你的关心，现在麻烦你离开我的房间，不要再打扰我，谢谢"。

"好吧。"她说，但视线还是停留在我身上。我确信，在这漫长而饱受折磨的 20 分钟的对话里，大多数时间她都在进行主观臆测，只有 2.4 秒才是客观观察。"那么 8 小时以后再见。如果你需要什么物资，请通过权限通知我。"终于，她退了出去，滑门自动闭合。

回想起刚才的对话，其他人对我今天的表现印象深刻，所以是什么地方让他们感到惊讶了呢？这勾起了我的好奇心，于是我立马调出了当时遇袭的影像记录。好吧，原来从陨石坑底往上爬的时候，我一直都在跟沃勒斯库谈话——比如"跳跃号"的航线、巴拉德瓦杰的伤口是否停止流血，以及会不会有第二批怪物再次袭击之类的。在此之前，我基本没有机会听自己说话的声音，现在才知道，原来我的声音是这样的。然后，我还问他有没有小孩儿，难以想象我居然问了这个问题，看来真是深受娱乐频道荼毒了（沃勒斯库确实有小孩，他不仅拥有一段四人婚姻，还养了七个小孩儿，现在正和他的伴侣们待在家里）。

看来我的交流水平已经前所未有地提升了，下次不妨好好利用一下这点……这么想着，我继续查看其他记录，然后就发现了

一个奇怪的地方。中心系统指挥权限居然设有一个"中止"命令符，以控制我的调控中枢。也许这是个故障吧，不过没关系，反正现在它什么也干不了……

叮，性能稳定性为39%，紧急修复程序开启，行动禁止。（系统提示声）

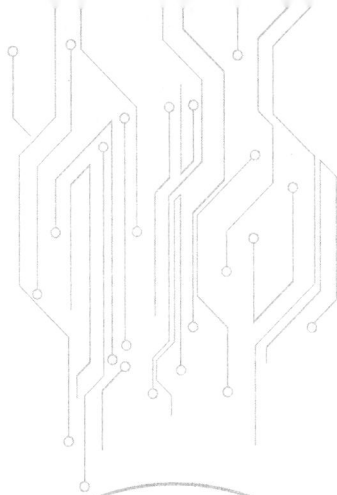

第二章

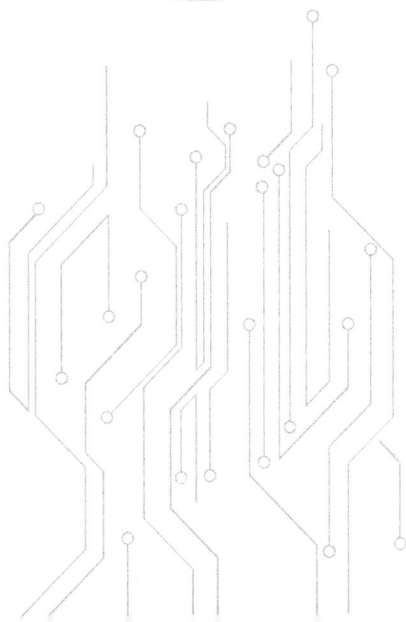

//////////

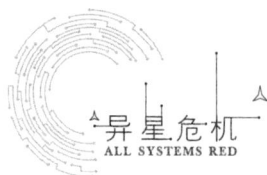

第二天醒来时，我的能源值恢复到了 80%，并且还在攀升中。欣慰之余，我调出了各个权限，开始查看未读信息。现在天已经亮了，不知道会不会有人类跑出了基地。然后我发现，曼莎将禁闭延长了 4 小时。这可真是雪中送炭，我有充足的时间等待能源值恢复到 98% 左右了。

然后我发现了一条留言，曼莎让我向她报道。简直闻所未闻。大概她是想彻查一番风险信息提示包，想知道在之前遇袭的时候，没有收到任何警报的原因。我对此也有点儿好奇。

我的客户被称作"奥克斯守护组织"，他们买下了这颗星球资源的期权。这次的调查行动，目的就在于确认这里的资源储备量，以此来判断是否值得拍下这颗星球完整的所有权。因此在正式开展行动前，非常有必要先弄清楚这颗星球上，生活着哪些威胁性高的生物。我知道他们来自一颗自有行星，但更具体的就不太了解了。不过，通常"自有"就意味着不附属于任何共同联合体，能自主进行领土划分及殖民化发展。说白了，就是"土皇帝"。其实，我并不在意客户是什么人、想要做什么事，也不会对工作内容抱有什么期待……好吧，只是期待值没有那么高而已。事实证明，这份工作确实比我想象中要轻松多了。

将全新表皮保护层上的黏着液体清理干净后，我爬出修复舱，才后知后觉地发现，昨晚忘了把盔甲残骸收拾好。破损的盔甲散落在地，上面还沾着我的机体流液和巴拉德瓦杰的血迹。地板上一片狼藉，难怪曼莎当时非要看一眼屋里的情形——她可能以为我已经死了。

认命地捡起这堆残骸后，我把它们放入对应的回收装置槽中，等待它们慢慢修复。其实我还有一套备用盔甲存放在仓库里，不过得花费一些时间才能取出来。而备用盔甲取出来后，还要经历自我诊断和拟合程度分析等一系列流程，太麻烦了。此时，曼莎大概从安保权限里得知我已经醒了，我必须马上向她报道。尽管内心有些挣扎，但我还是换上了那套制服。

在基地里，穿着制服行走是一种非常舒服的体验，因为它是参照研究小组的标准制服样式设计的：灰色针织长裤、长袖 T 恤、夹克（跟普通人类及强化人类穿的运动服差不多），还有舒适的鞋子。穿好衣服后，我将长袖拉下来，遮住了前臂的射击枪口，然

后出门去找曼莎。

穿过两道内部安全防护门，我来到指挥室，发现所有人都挤在中心控制台前，目不转睛地盯着其中一台悬空显示器。当然，这里的"所有人"暂时排除两人——还躺在医务室接受观察的巴拉德瓦杰和在病床旁看护她的沃勒斯库。我的视线在房间内扫了一圈，发现在其他控制台上，还放着马克杯和没收拾的餐盘。我当即下定决心，除非收到明确指令，否则我绝不主动打扫卫生。

曼莎看起来忙得不可开交，我便站在一旁静静等待。

而拉提希看了我一眼，过了一会儿，他才露出大吃一惊的表情。对此，我不知道要做出什么反应才好。所以哪怕要在基地里面度过很长时间，我也宁愿穿着盔甲，虽然行动不便，但能让人类客户更心安理得地把我当作机器人。现下我只好让眼神涣散，假装正在对什么东西进行诊断分析。

带着显而易见的疑惑，拉提希忍不住问我："你是哪位？"

除了坐在控制台前认真工作的曼莎，其他人的视线都转了过来。明明从沃勒斯库的拍摄记录里，他们已经看到过我的脸，但现在看来，他们还是对我的盔甲印象深刻。没办法，我只能硬着头皮对视回去，回答道："我是你们租赁的护卫战士。"

闻言，他们都露出一副深受惊吓的表情，我也同样感到非常不自在。早知道当初就不该嫌麻烦，要是我还穿着备用盔甲，现在就不会落到如此田地。

他们应该并不希望看到我出现在这里。只要我不在指挥室里，去这个星球上哪个角落待着都可以。而他们会这样想的一个原因，大概是债券公司总有一些不合理的要求，比如强行对客户征收额外费用，还让护卫战士时刻记录下客户说的每一句话。我其实无意监视他们，因为这压根儿不在我的工作范围内。但公司想要获取并贩卖客户个人信息，从中牟利。

当然，公司在签合同时，不会主动告诉客户这点，但大家都知道有这么一回事。

在大概 30 分钟的主观臆测和 3.4 秒的客观观察后，曼莎博士转过身，取下额头上的操控面板，然后望着我说道："我们正在筛查这个区域的风险评估报告。我们想要知道，之前那种怪物为什么没有被列入危险生物清单。李萍认为数据库可能被篡改了，你能帮忙核实一下吗？"

"没问题，曼莎博士。"其实我待在修复舱里就可以完成工作，根本不必跑过来和这群人类面面相觑。不过来都来了，也没什么好计较的了。我接过她刚调出来的报告，开始认真检查。这是一份很长的清单，列出了这颗星球的相关信息及风险警告。这份清

单重点报告了基地所在区域的气候、地形、动植物、空气质量、矿藏还有各种潜在风险因素，除此之外，还包含了许多描述细节信息的子报告。

古拉辛博士非常沉默寡言，作为一个强化人类，他拥有嵌入式操控面板，我可以察觉到他正在数据库里逛来逛去。其他人类都在使用触摸式操控面板，跟我相比，他们的效率着实低下。嗯，没错，我绝对是最高效的那个。

不过人类实在是太多疑了。比如现在，明明在自己的操控面板上，他们可以看到所有资料，可以一字一句地阅读。但不只是普通人类，有时甚至包括强化人类，他们都不相信自己眼睛看到的东西，非要让我看了以后再告诉他们。

在检查常规风险警告模块的时候，我注意到一个奇怪的格式化痕迹。将这部分内容跟报告的其余位置进行快速对比后，我找到了问题所在：一份子报告的链接断开了，还有部分信息被移除。

"没错，数据确实被篡改了。"我有些心烦意乱地说。在庞大的数据海洋中，我怎么也找不到缺失的那部分信息，看来不仅是链接被破坏了，而且是整份子报告都被删得一干二净。按理说，这种行星级别的调查数据库，安全系数极高，应该是坚不可摧的严密堡垒那种级别才对。事实证明，这有点儿夸大其词了。

经过一番搜查，我遗憾地得出结论："风险警告和动物类别的部分内容都被删掉了。"这下所有人的怒火都被点燃了，李萍和欧弗思开始大声谴责这个坏人，拉提希的表现更夸张，他奋力挥舞着双手以示愤慨。

正如我所说的那样，他们都是关系密切的朋友，彼此间没有繁冗的规矩，也不需要掩饰情绪或约束举止。因此，直到遭遇怪物袭击之前，我都挺享受这次任务的，这可是大实话。

安保系统会记录下所有地点发生的全部事情。托它的福，我可以查看基地里发生的任何事件。据我所知，欧弗思和阿拉达是一对情侣，总是形影不离；拉提希是她们的好友，他单恋李萍，不过还没到会犯傻那种程度；李萍脾气比较暴躁，经常发火，没人的时候还会乱扔东西——我感觉她是最反感被监视的那一位；沃勒斯库非常欣赏曼莎，几乎到了爱慕的地步；这点李萍也不遑多让，但她偶尔也会用一种适当的方式跟巴拉德瓦杰调情，还持续了挺长一段时间；最后还有古拉辛，他作为唯一的"单身贵族"，看起来挺喜欢跟大家待在一起，虽然他话不多，但时常面带微笑，所以人缘还是挺好的。若是把自己当成一个没有情绪的机器人，貌似会比较容易接受他们这种关系。

这是个氛围比较轻松的团队，成员之间不会经常争吵，也不

会肆意妄为、胡闹取乐。只要他们别试图跟我谈话，或者用其他方式与我互动，和这群客户待在一起可以说是既和谐又平静。

拉提希纠结了半天，他沮丧地问道："我们就没办法得知，那些怪物是否属于畸变生物，还有它们是不是就生活在那些陨石坑底部了？"

阿拉达是一位生物学家，她回答道："我想，那就是畸变生物。还记得我们在地面扫描图上观测到的，经常在障壁岛活动的那些动物吗？这些怪物应该是以它们为食。"

"这就可以解释它们为什么会出现在那里，"曼莎考虑得更加长远，"至少目前，我们已经发现了一个异常之处。"

李萍怒气未消地说道："我还想知道，到底是谁把子报告给删掉了！"这的确是最为关键的问题。不待我深入思考，下一秒她非常唐突地凑了过来，直截了当地发问，"中心系统有可能被入侵吗？"对此我只能尽力控制自己不要做出任何过激举动。如果她是问从外部攻克中心系统的成功率，那我真是不清楚。但换作从内部，比如拥有内置操控面板的我去操作的话，入侵系统可谓是不费吹灰之力。

其实在我们刚抵达基地中心系统上线的那一刻，我就把它关掉了。否则若是由中心系统监管调控中枢和权限频道，任由它随意发号施令的话，只怕会引发一系列诡异的问题，甚至还有可能会害得我被敌人撕成碎片。

"据我所知这是不可能的，"我一板一眼地回答，"这份调查数据包很可能在此之前就已经遭受损坏。"

"便宜没好货！""千真万确。""血泪教训！"

瞬间，指挥室里响起了一片哀号埋怨的声音，说着什么经费都用在了垃圾设备上（才不是指我）。曼莎让大家安静下来，吩咐道："古拉辛，你跟李萍去看看到底是怎么回事。"大部分客户都有自己擅长的专业领域，而调查研究活动一般也不需要带上系统方面的专家。所以我们公司在向客户介绍服务套餐的时候，已保证提供所有的系统支持及附件（医疗设备、无人机、我等等），费用也会一并计算。不过李萍在系统方面颇具天赋，至少从业余角度来说算得上不错。

曼莎补充道："那么，谁知道'德落'调查队的情况？那边的数据包是不是跟我们的一样，也被删除了？"我询问中心系统，得到回答说很有可能，只可惜现在公司的公信力已经大打折扣了。

"也许吧。"我回答道。

"德落"调查队跟我们团队的配置差不多，目前他们就在这颗星球的另一端。他们规模更大，是坐另外一艘飞船抵达这里的。

截至现在，双方都还没正式见过面，只是通过通信器交流。

"德落"并非我的合同服务对象，况且他们自己也拥有护卫战士。按标准来说，每十个客户就会配备一个护卫战士，通常在紧急情况下，护卫战士之间还可以互相联络。只不过现在，我们之间隔了有半颗星球的距离，就没什么办法了。

曼莎靠回椅背，双手指尖相触呈塔尖状，她思索着说："好吧。我安排一下接下来的行动：每个人按照自己的专业领域，把调查数据包的每个部分都彻查清楚，找出所有缺失的信息，不能放过任何细节，最后汇总整理成清单。到时候我会联系'德落'，让他们发送数据包备份过来。"

这听起来挺靠谱，但貌似与我无关，于是我问道："曼莎博士，有什么事情需要我去做吗？"

她将椅子转过来面向我说道："不用，如果有问题我会通知你。"

记得以前有一些客户，他们会要求我不分昼夜地站在他们旁边，一有什么事情可以立马吩咐，省得浪费时间。不过她随即补充了一句："其实，如果你愿意的话，也可以留在这里，你觉得怎么样？"

所有人再次望向我，大部分都挂上了笑容。这时，习惯穿盔甲的一大弊端就体现出来了。因为我太习惯把脸藏在面罩后面，没有练习过如何控制表情，所以此时我大概是露出了非常惊恐，或者说万分恐惧的神情。曼莎见状也吓了一跳，立马站起身来补救道："但是也不一定，看你自己喜欢。"

我干巴巴地回答她："我得去检查警戒线了。"然后僵硬地转过身体，尽量以正常的姿态离开指挥室，不要让自己看上去好像落荒而逃。

终于回到了安保预备室，我把头靠在涂有塑料膜层的墙上，懊恼不已。这下好了，人类都该知道，自己租来的杀手机器人有多么排斥跟他们待在一起了，关于这点大家都不遑多让。刚才我的表现简直蠢透了，真恨不得把自己拆成几块，找个地方埋起来算了。

但这个想法一点儿都不现实。首先我不可能自己把自己拆开；其次，想找个合适的地方掩埋也不容易；最后，谁负责埋啊？

厘清思绪，我重新站直身子，决定要找些活来分散一下注意力。寻找缺失的子报告就挺不错的——我总觉得其中有些东西，值得调查一番。在被命令之前，我决定主动出击。

只是可惜我的教育芯片有跟没有一样，它完全发挥不了作用——我所掌握的有关安保的知识，基本都是平时浏览娱乐综合频道，从那些好玩的益智节目里学来的。（这就是为什么我们公司非

要强制调查队、采矿公司、生物公司以及科技公司租赁护卫战士，甚至不惜以合同相要挟的一大原因——毕竟我们这些护卫战士生产成本极低，除了杀人外又没什么其他用处，谁会乐意花大价钱来租呢？）

换上备用盔甲之后，我到警戒线附近巡视，采集最新的地形读数和地面震动扫描结果，然后跟第一天的数据进行对比。随后权限频道传来提示，拉提希和阿拉达给我发了信息。他们说调查区域里的那些巨坑并非陨石坑，而是当初袭击我们的那种怪物，也就是"敌对1号"挖出来的。奇怪的是，基地周围并没有发现这种巨坑。

出于习惯，我还特地去检查了一下两架"跳跃号"，看看它们的应急燃油、物资及武装供给是否都补满了。

考虑好所有的情况，做好充足准备后，我终于可以稍微放松一下了。进入待命模式后，我便继续观看之前没看完的电视连续剧。当曼莎博士通过权限频道给我发来几张图像时，我已经看了三集《穆恩庇护所兴衰史》，正在跳过一段少儿不宜的场景。（杀手机器人不分性别，也不存在与性相关的部位。再次重申，若一个合成体拥有那些东西，它一定是妓院里面的情趣型号。反正我觉得性爱场景无聊至极。）点开曼莎的信息，看了眼里面的图像内容后，我暂停了正在播放的视频并保存好了进度。

说实话，我压根儿不知道自己现在身处何处。虽然在我们的调查数据包里，应该有这颗行星的完整卫星地图——因为人类必须参照地图来确定各个评估地点——但我从来没有看过，也没兴趣去看。在这里，请准许我为自己说句公道话。我在这颗星球待了足足 22 个行星日，这段时间里，除了站在一旁看着人类采集泥土、岩石、水源和叶子样本，我几乎什么都没干，完全不存在什么紧迫感，一丁点儿都没有。

所以当他们说地图上一共缺少了足足六个位置信息时，我真心觉得非常不可思议。李萍和古拉辛还找出了其中不寻常的地方。对此，曼莎希望我能为她解惑。

究竟是因为调查数据包本身廉价，所以才会信息不全、错漏百出，还是我们遭到了黑客攻击？曼莎通过权限频道向我发出询问，而非直接发起传呼，所以我们无须进行任何形式的谈话，对此我非常感激。作为回报，我也给予了她真实的答案，中心意思就是：现在这个调查数据包就是个便宜货，完全不值得相信。与其一头雾水，倒不如直接走出基地，前往其中一个缺失信息点做实地考察。然后再瞧瞧这个星球上，还有什么可以值得一看的地方。

也许我没有说得如此直白，但意思肯定传达到了。

曼莎还没答复，她可能在忙其他工作，但我依旧选择耐心等待。因为通常情况下，她都会很快做出决定，如果现在开始看剧的话，估计不一会儿就会被打断。于是我决定在等待回复的时候，调出安全监控摄像，准备听听他们的对话。

每个人都想到基地外面去，只是不确定到底该什么时候动身。不久前，他们已经跟远在天边的"德落"调查队取得了联系，对方答应会把数据包缺失部分的文件复本发送过来。于是一部分人提议先接收复本，搞清楚到底有多少缺失信息再做打算。另一拨人表示与其管那么多，不如直接出发。

我已经猜到结果了。

这段行程不算太长，距离其他评估点也不会太远，只不过前路茫茫，谁也不知道会有什么潜在危险。如果情况允许的话，让我独自前去勘察是最恰当的做法。只不过调控中枢有个硬性规定，那就是我必须时刻跟随至少一个客户，且与客户之间的距离不能超过 100 米，否则会直接爆炸。关于这点大家都很清楚，若我执意要独自一人前去勘察，后果就是为大家贡献几场烟花以作观赏。

过了一会儿，曼莎重新打开权限频道，告知我他们已经决定出发。我了然于心地回复：根据安全协议规定，请务必把我带上。

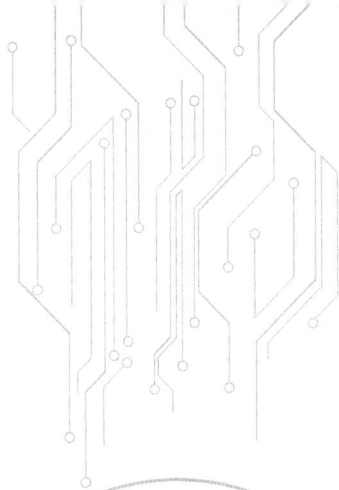

第三章

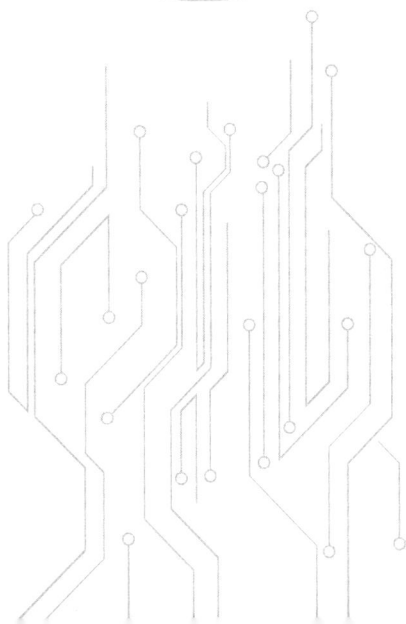

/ / / / / / / / / /

在白昼伊始之际，我们沐浴着晨光整装待发。据卫星天气预报显示，今天天气很好，非常适宜飞行及观测。我在例行检查医疗系统时发现，巴拉德瓦杰已经清醒过来，能跟别人交谈了。

等到把所有设备仪器都搬上小型"跳跃号"之后，我才意识到这帮人类打算让我跟他们一起待在客舱里。还好这次我穿着盔甲、戴着头盔，所以当曼莎让我坐在副驾驶座时，我的反应也远没有之前那么剧烈。在此期间，阿拉达和李萍都没有试图跟我说话，拉提希甚至在我轻轻走过他身旁时刻意移开了视线。见他们这副小心翼翼、不直接看我或者跟我谈话的样子，我不禁有点儿疑神疑鬼。飞行器一升空，我便打开中心系统，第一时间快速浏览了一下他们之前的谈话记录。

在我落座副驾驶的位子后，曼莎提出我可以去客舱随便逛逛，跟大家好好相处。这样看来，她好像把我当成了一个普通人类，或是其他的什么东西。我只能努力说服自己：我的形象还没有彻底崩塌，事情也没有糟糕到那种地步。

可惜在回顾了他们的谈话内容之后，我的心开始下沉，因为事情发展远比我想象中的还要糟糕。这群人类对之前发生的状况进行了一番热烈的讨论，最后达成了一个共识：不要逼我、多给我点儿空间。哦不，虽然他们真的很贴心，但我依旧觉得自己快要疯掉了。我发誓，我这辈子都不会再把头盔摘下来了。如果真的有一天我必须要跟人类交流，我宁可抛下这该死的工作，然后逃之夭夭。

这群人类之前没有租赁过护卫战士，我也是第一次接触这类客户。其实只要动脑子想想就知道，事情早晚会演变成现在这种情况。唉，当初就不该让他们瞧见我卸下盔甲的模样！大错特错，后悔莫及！

有部分人想要跟我面对面交谈，还好曼莎和阿拉达否决了这个提议。是啊，跟一个杀手机器人好好聊一聊它的感受，这可真是太有趣了！这个前所未有的主意简直糟糕透顶，它不仅让我的能源值直接降到了 97%，还给了我自杀的念头——直接爬回"敌对 1 号"那张血盆大口里，让它咬死算了。

我满腹惆怅，不想理会任何人、任何事。那群人类各顾各的，不是盯着窗外的行星光环发呆，就是看着"跳跃号"扫描仪拍下的新景色，要不然就通过公共频道，跟待在基地里密切关注我们

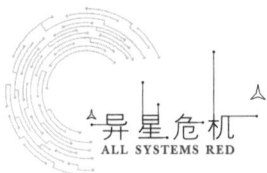

行踪的成员聊天。虽然我有些心不在焉，但在自动驾驶仪突然失效的那一瞬间，我还是第一时间反应过来。

好险，差点儿就酿成了一次坠机事故，幸好我就坐在副驾驶座位，做出了及时的补救。不过即使我不在，也不见得就一定会出事。因为曼莎是主驾驶员，她的双手一刻都不会离开操纵杆。

和整套自动驾驶装置相比，尽管飞行器的自动驾驶仪没有那么精细，但还是受到不少客户的青睐。很多人类设置好自动驾驶之后，就会离开驾驶舱，跑去客舱睡觉或是干别的事情。但曼莎绝对不会这么做，她习惯确保在飞行过程中，所有的事情都在自己的掌控之中。现下，她很贴心地弄出一些吵闹声响向其他人发出警示，同时调整飞行器路线，避开前方的山脉——若任由失效的自动驾驶仪继续控制飞行器，我们就会撞上这座山，然后化作一道绚烂的烟花。

我还沉浸在既恐慌又感激的矛盾心情中，一方面对于人类想要跟我聊天而感到惊恐，另一方面也感激曼莎阻止了他们。当她重新开启自动驾驶仪的时候，我调出行驶记录通过权限发给她。记录显示，由于中心系统发生了故障，所以导致自动驾驶仪关闭。对此，曼莎低声咒骂了几句，然后朝我摇了摇头。

信息缺失的地点距离调查评估区域并不远，我还没来得及把未观看的剧集下载下来，就已经到达了目的地上空。

曼莎对大家说道："我们马上就到了。"

我们路过了一大片浓密的热带雨林，连绵的绿意在几处极深的溪谷间肆意流动，然后很突兀地在前方的平原上失去踪影，只留下零星的湖泊与稀疏的树林。这里低矮的山脊和表面光滑的巨石上遍布着不少石块，在光线照耀下如同上好的松脂石一般乌亮。

客舱内很安静，大家都在认真研究扫描成像。通过通信频道，阿拉达把她读取到的地震数据输送回基地，以作进一步分析。

"经过检查，在这片区域内，我并没有发现任何阻碍卫星拍摄成像的因素，"李萍开启了工作模式，一边整理"跳跃号"发回来的数据资料，一边冷淡疏远地说，"读数都显示正常，但我总觉得哪里不对劲。"

"除非这里的岩石含有某种能够隐身的物质，让卫星成像无法识别。"阿拉达假设道，"话说回来，扫描仪也有点儿怪怪的。"

"那是因为扫描仪本身就是个破烂玩意儿。"李萍咕哝道。

"可以降落了吗？"曼莎开口问道。我猛地反应过来，这是在向我征求安全评估意见。

扫描装置虽然没有多先进，但从某种程度上能发挥一些作用。

它标出了几处风险点，跟之前的记录相差无几。我斟酌着回答："可以，但请注意，这里至少存在一种能够挖通岩石隧道并埋伏袭击的生命体。"

阿拉达在座位上蹦了蹦，一副迫不及待的样子。她说道："我知道凡事都得小心，只不过当务之急是要先调查清楚——我们地图上缺失的信息到底是意外，还是有人刻意为之。然后才能排除隐患，制定对策。"

听她这么一说，我才意识到，他们并没有忽略自己遭受蓄意攻击的可能性。这并非毫无预兆，之前李萍也向我提出了"中心系统有没有可能会被入侵"的问题，只是当时被那么多人类行注目礼，我一门心思只想赶紧逃出去。

拉提希和李萍也随声附和，于是曼莎决定道："我们就在这里降落，采集样本。"

巴拉德瓦杰的声音从公共频道传出来："请各位务必小心。"她的尾音略带颤抖，显然，她对之前遇袭的经历感到非常后怕。

曼莎驾驶技术高超，在她的操纵下，"跳跃号"慢慢下降，接触地面的时候几乎没有发出什么声响。我做好准备站在机舱口，其余人类也已全副武装。我推开舱门，放下舷梯让他们下机。

近看那片岩地，上面遍布着黑闪黑闪的石块，流光溢彩，和玻璃很像。"跳跃号"稳稳站在地面上。扫描设备显示出，这里地震活动指数为零，附近没有任何大型威胁。出于谨慎，我还是往外走出一段距离，预留了足够的空间预防袭击。我的确在认真工作，希望人类看到我专业的一面后，能打消对我的调控中枢产生的任何疑问。

曼莎随后也从飞行器上走了下来，阿拉达跟在身后，两人拿着便携式扫描仪四处走动，记录各种读数。其他人纷纷取出样品采集器，有的动手凿取玻璃质岩石，有的挖起了泥土，还有的设法收集植物样本。这期间他们一直在喃喃低语，时不时也跟基地驻守人员说上几句，然后把数据上传。

这个地方无处不透露着古怪。对比其他调查区域，这里没有那种嘈杂的鸟类生物，也没有任何生物活动迹象。可能是这些奇特的石块具有什么特殊能力，让那些生物不敢靠近。我又往前走了一段路，经过几片湖泊的时候，我甚至有些期待能从里面发现些什么——比如说尸体什么的，过往执行任务中我可见过不少（也制造了不少）。这次任务到目前为止，大家都还活得好好的，我觉得这是不错的转变。

曼莎设置好了调查区域，将空中扫描装置显示"危险"或者"潜在危险"的地点统统标记了出来。当我重新检查所有人位置的

时候，发现阿拉达和拉提希正朝其中一个"危险"标记点径直走去。一开始，我想着他们平时表现谨慎，大概会自己看着位置停下来，但我还是下意识地往那边移动。下一刻，他们就走出了安全范围。

见状我开始加速奔跑，同时将视野摄像画面发给曼莎，开启语音通信朝那两人说道："阿拉达博士、拉提希博士，请停下。你们已经走出安全范围，前面可能有危险！"

"什么？"拉提希的声音充满了困惑，万幸的是，他们停下了脚步。当我赶过去时，两人已经将各自的地图上传到了频道。

"这是怎么回事，哪里出错了？"阿拉达也是一头雾水，"我压根儿就没看到危险标记。"她对照地图指了指自己所在位置，上面显示这里依然属于安全范围，前面不远处是一片湿地。

我一下子就明白是怎么一回事了。我将手上真正的地图覆盖在她的地图上，两者交叠，展示给曼莎看。透过拍摄视野，曼莎也看出了问题。

"该死！"她的声音从公共频道传出，"拉提希、阿拉达，你们的地图显示有误。这到底是怎么回事？"

"是个故障呗。"拉提希做了个鬼脸，然后检查了一番自己的地图，"这附近所有的标记都被抹去了。"

于是整整一个上午，为了把这些分不清危险区的人类赶回安全地点，我奔来跑去忙得不可开交。在这期间，李萍喋喋不休地骂个不停，使劲折腾着地图绘制扫描仪。

"我现在开始相信，一切的根源就在于地图本身不靠谱。"拉提希气喘吁吁地由衷感叹道。不久前，我刚把他从一个被称为"热泥浆池"的地方给拖出来。那时，他的整个下半身都被覆上了一层酸性泥土。当然，我的形象也没好到哪里去。

"你是说真的？"李萍无力抚额。

在曼莎宣布全体成员返回"跳跃号"的同时，所有人都松了一口气。

虽然最后所有人都毫发无损地安全返回了基地，但我总隐隐感觉暗中酝酿着一些不为人知的秘密。回到基地后，那些人类纷纷投身数据海洋，对他们采集到的资料进行分析研究。而我则躲进安全预备室里，检查安保权限，然后躺进修复舱继续追剧。

正当我对警戒线做新一轮巡视，检查无人机状态时，内部权限发来一则通知，说中心系统已通过连接卫星进行自主下载更新，并向我发送了一个程序包。对此，我略施小计骗了中心系统，让它以为程序包已被接收，实际上我转头就把它丢到外部储存里了。我认为现在不需要自动更新程序包，也没有这种必要。或许

某一天要离开这颗星球时，我可能会有选择地进行更新，其他的就统统删掉吧。

换句话说，今天又是一个无聊的日子，要不是巴拉德瓦杰还在医务室接受康复治疗，我都快要忘记之前那次惊心动魄的遇袭了。就在这一天即将结束的时候，这份平静还是被打破了。曼莎博士联系上我说："'德落'调查队已失联，我认为他们出事了。"

当我赶到指挥室的时候，其他人已经都在了。他们拿出地图，标出基地的位置，与"德落"调查队所在的位置进行比对。控制台屏幕上悬空展示着这颗星球的图像，每一条曲线都闪闪发光，走向清晰了然。我走了过去，听见曼莎说："我看过大型'跳跃号'的说明书，它的电力储量足够我们往返一次。"

闻言，我的嘴角忍不住抽搐起来，幸好这回我戴了头盔，没人看得见。

"等等，你是觉得'德落'不会借我们地方充电吗？"阿拉达发出疑问。然后，大家把目光都集中在她身上，她不甘示弱地看回去，却还不明白是什么意思，"都望着我干嘛？"

欧弗思一把搂住她的肩膀说道："傻瓜，如果他们一直都不回复信息，就只有两种可能。一是他们受伤了，二是基地被攻破了。"作为一对情侣，做出亲密姿态倒也正常，其他人都没什么八卦取笑的意思，我觉得这一点值得赞许。上几次任务中，人类总是争吵不休、闹剧不断，让我想起了之前看过的一部情感关系混乱的狗血电视剧。当时我都快被他们烦死了，只能尽量把自己当成旁观者，努力置身事外。

曼莎点点头说："这正是我担心的地方。如果他们的调查数据包跟我们一样，缺少很多潜在风险信息的提示，那恐怕情况不容乐观。"

阿拉达这才反应过来："德落"调查队的全体成员恐怕已经遇难了。

拉提希补充道："但是有一个地方不对劲，'德落'的烽火装置并没有被启动。如果他们的基地被破坏了，或者遇到了无法处理的医疗状况，那边的中心系统应该会自动触发烽火装置。"

每个调查团队都拥有烽火装置，一般建在基地周围的安全范围之外，它的用途是向公司发送紧急信号。我们公司一旦收到信号，就会立即派返程运输器来接人，不然就得等到任务结束那天才会派运输器来。一般情况下是这么运作的，嗯，一般来说。

曼莎看起来很担忧，她转向我问道："你觉得呢？"

隔了两秒，我才反应过来她询问的对象是我。幸运的是，大家都在很积极地讨论，我没有走神，所以也不需要回放对话内

容了。

"据我所知，'德落'调查队租了三个护卫战士。如果他们的基地遭到了像'敌对 1 号'那样，或者是更大型的生物攻击，通信装置确实很可能被破坏。"

这时李萍调出了烽火装置的说明书，说："即使剩下的通信器都被破坏了，烽火应急程序不是也应该会被触发吗？"

我把自己调控中枢黑掉的又一个好处体现出来了，至少我可以忽略为那愚蠢的公司说好话的指令："原本的确如此，只不过设备故障多发的情况，我想大家都很清楚了。"

这一瞬间，所有人都安静了，思索着基地内哪些设备可能存在突发故障的风险。他们也许会想，当他们驾驶着大型"跳跃号"离去，一旦在救援范围外发生什么意外，就得走回来，不对，是游回来了。毕竟从地图上来看，两个基地之间隔着一大片海洋。不过也可能会被淹死。没错，我确信他们会被淹死。所以说，这就是我之前忍不住嘴角抽搐的原因。

加之目的地是那个很可能已经沦陷的区域，所以我认为，这次冒险之旅有点儿超出评估范围。因为即使他们成功飞过去，也就是看到一群死掉的人，然后掉头再飞回来罢了。

接着古拉辛打破了沉默，问道："你的系统怎么样了？"

闻言，我极力克制住想要转头看他的冲动，冷硬的头盔可能会吓到他，现在必须尽量减少冲突。我斟酌着回答："我一直都在仔细监控着自己的系统。"这人希望听到哪种回答？他想怎么着？反正别想把我退掉。

"现在我们要准备一场营救行动。"沃勒斯库清了清喉咙，开口说道，"我从'跳跃号'的数据包里找到了一些说明书，应该能派上用场。"

对啊，还得用上说明书。这帮人类作为学者、调查员、研究员，跟连续剧里出场的那些无所不能、身手了得的探险家完全不同。我之所以喜欢看连续剧，是因为那些角色既不现实，也不压抑，更不像现实世界里的人那样肮脏卑劣。我想了想开口说道："曼莎博士，请允许我跟你们一起出发。"

透过摄像视野，我能看见曼莎的笔记。她打算让我留下来看守基地和保护其余人类，带上李萍是因为她有修建基地、庇护所的经验，同行的还有生物学家拉提希和具备资格证的战地医生欧弗思。

曼莎静静思索着，她开始犹豫。一方面需要确保基地和其他成员的安全；另一方面也不得不考虑，万一袭击"德落"调查基地的敌人还没离开，该怎么办。她深吸一口气，而我已经知道她

的决定。我会被留下。

这可真是一个糟糕透顶的主意，我心想。但我不知道为什么我会这么想，就好像有股冲动驱使我得出了这样一个结论。若是被调控中枢知晓了，肯定会极力制止。我补充道："作为在座的唯一具备处理这种状况经验的人，我是你最好的选择。"

古拉辛问道："什么状况？"

拉提希困惑地瞄了他一眼说："就是类似面对未知、各种奇怪的威胁，还有从地底下被炸出来的怪物这样的情况啊。"

我很庆幸，自己不是唯一一个觉得这是个愚蠢问题的人。

古拉辛不像其他人那么健谈，所以我不是很了解他的性格。作为团队里唯一的强化人，也许他会觉得自己是个局外人还是怎么的，但很明显大家都挺喜欢他的。对此我声明道："是指面临本土生命体袭击而可能造成人员伤亡的情况。"

阿拉达赞同我的提议，说道："没错，我觉得你应该带上护卫战士。外面非常危险。"

曼莎还是犹豫不决，说："根据我们现在掌握的信息来看，这一趟大概需要花两到三天的时间。"

阿拉达挥了挥手，示意她看看基地四周，说道："到目前为止，我们都还没遇到过什么真正的麻烦呢。"

　　或许"德落"调查队也是这么想的，然后就被吃掉了或者撕碎了。

　　沃勒斯库深以为然，说："我必须承认，你这句话给我吃了个定心丸。"后来，就连躺在医务室的巴拉德瓦杰都参与了进来，通过权限频道给我投了支持票，只有古拉辛一人站在后方默不作声。

　　经过一番激烈讨论后，曼莎坚定地点了点头说："好吧，那就这么定了。现在开始干活。"

　　于是我得开始检查维护大型"跳跃号"了（哦，对了，我还要仔细阅读说明书），回想起之前乘坐小型"跳跃号"时，自动驾驶仪突然失灵的状况，我便打起十二分精神仔仔细细查遍每个角落。大型"跳跃号"处于长期搁置状态，上一次曼莎对它进行检查，还得追溯到当初跟公司交付那会儿，然后就一直放到现在了（货物交付的时候，客户必须立刻检查好每一样物品并做好问题登记。否则一旦钱货两讫，公司概不负责）。

　　大型"跳跃号"一切看起来都很正常，至少跟说明书上的指标一致。

　　若不是遇上"德落"调查队疑似遇袭的紧急情况，我们估计要等正常离开这颗行星的那天，才需要真正操纵大型"跳跃号"，让它登上返程运输器。

过了会儿，曼莎也过来检查。她提出要多准备一些紧急物资，带给"德落"调查队成员。对此我照办了，并且真诚地希望这不是在做无用功——虽说很大可能过去是为了处理他们的身后事。所以说，当开始尝试去在意人类的时候，我往往会变成彻头彻尾的悲观主义者。

一切准备就绪，欧弗思、拉提希和李萍登上"跳跃号"。我满怀希望地站在货舱门口等候，可惜下一秒，曼莎就指着客舱方向让我进去。仗着头盔遮挡谁也瞧不见，我一脸苦大仇深地走进了客舱。

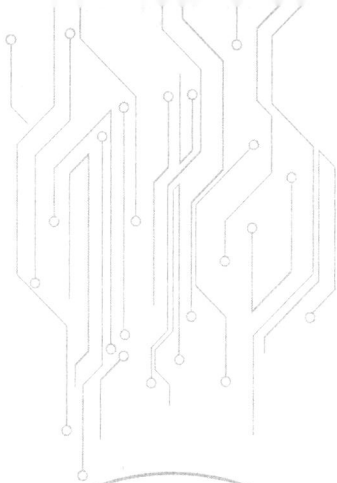

第四章

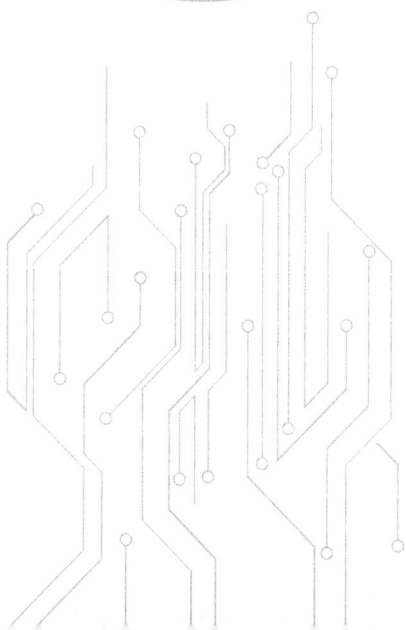

/////////

　　我们彻夜飞行，那些人类一边扫描超出评估区域的新地形，把它们绘制成图，一边激烈地展开讨论——显然他们都觉得眼前的景色非常有意思，同样也充分认识到了手中的地图有多么不靠谱。

　　曼莎做了一份包含我在内的轮班表，这对我来说还是头一回，但我完全不排斥。因为这意味着在某段时间里，我能够光明正大地做自己想做的事情，而不需要时刻盯着我的任务或者假装在认真工作。除了我，曼莎、李萍和欧弗思都需要轮流担任机长及副机长，所以也不必担心自动驾驶仪再次失灵了。

　　看来我可以放心待机，继续收看收藏已久的连续剧了。

　　空中飞行了一段时间后，目前轮到曼莎和李萍当值，她们俩共同负责驾驶飞行器。而在这时，客舱内，拉提希转过椅子面向我。接下来，事情发展开始变得诡异起来。

　　"我们听说……呃……我是指被告知，仿人形机器模型都是……有些身体部位是由克隆材料构成的。"他吞吞吐吐地朝我抛出这么一个话题。

我充满警惕地暂停了连续剧。其实我不是很想搭理他，因为这些信息明明都已经收编进公共知识数据库了，再加上公司的宣传册上，也都详细罗列出了各种材料。作为一个科学家还是什么家，他应当是知道的，何必特地问我？可惜，拉提希并不是那种自己提出问题后，会自己通过权限搜索答案的人类。

"是的。"我斟酌着用词，尽量让声音不带个人情感色彩，跟平时保持一样。

拉提希的样子看起来很苦恼，说："可是我总觉得……你是有情绪的……"

瞬间，我脑海里敲响了警钟，这个话题没办法继续了。

欧弗思正在使用权限，认真分析着各种评估数据。闻言，她皱起眉头，抬头望了过来，说："拉提希，你这是在干什么？"

拉提希内疚地转回身子，不安地说道："我知道曼莎提醒过别这么做，可是……"他摆了摆手，"你已经听到啦。"

欧弗思摘下她的操控面板，咬牙切齿地对他说道："你这是在打扰它。"

"这正是我想要说的！"他沮丧地做了个手势，"这种制造机

器人的做法实在是太恶心、太可怕了，简直就是奴役。其实它们跟古拉辛没多大区别……"

欧弗思怒不可遏道："你以为它不知道吗？！"

通常情况下，完好的调控中枢会要求我全盘接受客户的任何要求，无论他们要对我做什么或者说什么都好，这是不容有异议的；我也不应该向公司以外的任何对象打客户的小报告，指责他们做得不对。但现在这情形，只想让我直接跳下飞行器。不管了，我试试看，把他们的对话内容发给曼莎，看能不能把我从苦海中解救出来。

不一会儿，曼莎在驾驶舱咆哮道："拉提希！我们说好的！"

我立马从座位上溜了出去，走到客舱后面，面朝供应储物柜——反正离"战场"越远越好。若我现在依旧受控于调控中枢发来的命令的话，这种"偷跑"行为可谓大错特错。好在没人注意到这点。

"好啦，我会跟它道歉的。"拉提希闷闷不乐道。

"不，你就自己待着，别去烦它。"曼莎断言。

"对，你会火上浇油的！"欧弗思立即补充道。

我默默地站着，直到他们偃旗息鼓，停止争吵。眼见一切重归于静了，我才悄悄地溜入后排座位，继续看刚才被打断的连续剧。

在我发现权限掉线的时候，已是半夜时分。

当时我并没有登录。在基地里，无人机和内置摄像机都与安保系统专用频道相连接，所以我会时不时通过反向端口顺道检查一番，以确保一切进展顺利。现在已经不算早了，基地却还是一派热闹的景象。大家看起来都非常忙碌，也许是担心我们会遭遇危险吧。

我能听见阿拉达的走动声；沃勒斯库在自己的床铺上断断续续地打着鼾；巴拉德瓦杰已经被准许回到自己房间，不过她并没有休息，而是沉浸在权限复习笔记资料中。我还看到古拉辛待在指挥室里用个人系统不知道在忙些什么，便有点儿好奇，想偷偷绕过中心系统看一眼，谁知下一刻，连接突然断开了。那种感觉非常突兀，好像有个人用力扇了我一巴掌，让我整个人蒙了一会儿。

我起身说道："卫星掉线了。"

闻言，除了正在驾驶飞行器的李萍，所有人都立马抓起操控面板确认。我可以从他们的表情上看出来，他们那儿的情况跟我一样。曼莎朝我走了过来，问道："你确定是卫星出现问题了吗？"

"是的，我一直在尝试重新连接，但是卫星毫无回应。"我回答道。

目前，在"跳跃号"系统上，我们还能运作本地权限来互相交流或者传输数据资料，只不过比起还能跟基地中心系统连接那会儿，我们手里掌握的数据库规模缩水不少。而且现在我们距离基地太远了，需要公共卫星作为中继设备才能保持联系。

我给其他人设置好提示程序，万一他们发现了大型生命迹象的话，能够及时预警。拉提希通过操控面板登录"跳跃号"权限，开始扫描检查外部情况，但除了空荡荡的夜空外，一无所获。他喃喃地说："我觉得心口有些发凉，你们呢？"

"有点儿，"欧弗思附和，"这可真是个诡异的巧合，是吧？"

"自从我们来到这颗行星后，这破烂卫星就三天两头地出问题，"李萍不客气的指责声从驾驶舱传了过来，"虽然平时我们也用不上它。"

她说得没错。原本为了防止客户做出例如密谋诈骗公司、自相残杀或者一些其他不好的举动，我理应定期检查他们的个人观察记录。不久前我还发现，李萍在追踪并试图找出卫星发生故障的原因及规律。因为娱乐综合频道偶尔会更新剧集，我忙着把最新内容都下载下来，所以还有很多类似这样的行为都被我直接忽略了。

拉提希摇了摇头说："但这一次不同，感觉太奇怪了。我们离基地太远了，没有卫星也联系不上大家。而且我总有种不好的预感。"

曼莎的视线在所有人身上转了一圈，半晌后才开口道："那么有人提议现在折返基地吗？"

我倒是想，可惜我没有表决权。剩下三人坐在座位上沉默了好一阵，然后欧弗思开口说道："如果'德落'确实陷入险境，我们却袖手旁观的话，我过不了自己心里那道坎儿。"

"如果能够拯救他们的性命，我们即使赴汤蹈火也在所不惜。"李萍赞同道。

拉提希叹了口气说："你说得没错，若是有人因为我们过于谨慎而丧命，那就真的太糟糕了。"

"看来我们达成一致了，"曼莎点头，"继续前进。"其实我宁可他们更加小心谨慎一点儿，然后原路返回。虽然在之前的任务中，公司配备的设施也会出各种毛病，但这次不一样。一种源自内心的直觉告诉我，这次要严重得多。

距离下一次轮班还有四小时，我进入待命模式，继续沉浸在连续剧的海洋中。

直到破晓时分，我们才到达目的地。"德落"的基地坐落在一个四面环山的宽阔山谷里，蛛网状的河床绕过粗短的树木，穿过草地。他们的规模比我们大得多，光基地就有三个，相互连接着靠在一起，有专门放置陆地交通工具的遮棚、可以供两架大型"跳跃号"升降使用的停机坪、一艘货物运输船及三架小型"跳跃号"。这已经是一份合同范围内，公司能够提供的最高配置套餐了。虽说数量喜人，但质量同样堪忧。我敢打赌，这些跟交到我们手上的那堆垃圾没啥两样。

基地外空无一人，没有任何生命活动迹象，没有设备遭受损坏，也没有其他敌对生物袭击的痕迹。卫星仍然是断开的，曼莎在进入通信范围的时候，还在尝试跟"德落"取得联系。

"他们全部的运输工具都在这儿吗？"她问道。

在出发之前，我已经从中心系统下载了备份信息，拉提希正在其中查找有关他们设备数量的信息。不一会儿，他回答道："是的，所有'跳跃号'飞行器都在，还有停在那个遮棚里的陆用交通工具。"

因为不想跟他靠得太近，所以我往前走去，然后在驾驶座后方站稳，说道："曼莎博士，我建议你在警戒线之外降落。"我已经把我掌握的全部信息通过权限发给了她。现在她应该知道，在收到"跳跃号"发出的信号之后，"德落"只做出系统自动回应的情况是多么糟糕。那边的中心系统处于待命状态，权限无法连上，那三个护卫战士同样也毫无回应。

欧弗思正在驾驶飞行器，她闻言抬头望向我问："为什么啊？"

基本礼仪要求我有问必答。我答道："基于安全协议要求。"这个理由实在太好用了，完全没有一点儿个人色彩。傻姑娘，稍微想想都该知道，这里看不到一个人影，呼叫通信器也毫无反应，除非他们就这样关掉中心系统，丢下护卫战士，不理会工作任务，全体乘坐汽车跑其他地方度假去了，否则只剩下最后一种可能——全死光了。

早就告诉你们了，我是一个悲观主义者。

然而眼见为实，光凭猜测还不能站稳脚跟。这个基地内装有保护专属数据的屏蔽层，所以"跳跃号"的扫描装置无法得知内部情况，我们对于里面是否还存在生命迹象更是一概不知。

这也是我不赞同这段行程的原因。这四个人类非常好，好到我不想看见他们被这些干掉"德落"全员的家伙杀害。不过这并不代表我很在乎他们，客户死亡肯定会对个人记录造成不良影响，虽然我的记录已经够难看的了。

"我们必须谨慎行动。"曼莎回答欧弗思，指挥"跳跃号"降

落在远离河流的山谷边缘地带。

我通过权限向曼莎示意接下来该如何安排，比如让大家拿出生存工具箱里的格斗武器以自卫；让从未接受过武器训练课程的拉提希留在"跳跃号"里，紧锁舱门；还有最重要的一点，务必让我充当先锋兵走在前面。

几个人类一声不吭，颇有些闷闷不乐的样子。我猜想，原本他们大概以为"德落"遭遇了自然灾害，所以需要他们从坍塌的基地下救出幸存者，或是合力击退前来袭击的成群的"敌对1号"。

然而这些都没有发生，但"德落"确实"坠落"了。

曼莎下达命令后，大家便开始行动。由我打头，其他人类跟在几步之外。他们纷纷穿上盔甲、戴好头盔。在周遭危险来临时，这些装备好歹能发挥些保护作用，不过若是碰到其他全副武装的人类（或是发生故障、行为暴躁的叛变的护卫战士）想要伤害他们，那可就不好说了。而且说实话，我都快要比拉提希更紧张了。他有些神经过敏，一边监控着扫描装置，一边在通信器里喋喋不休，几乎我们每走一步，他都要念叨"小心小心再小心"。

我的双臂装有嵌入式能量武器，后背有大型炮弹喷射装置，还拥有六架无人机——由"跳跃号"供给能源，并依据权限完全服从我的指令。无人机的型号非常小，仅一厘米宽且不带任何武器，属于纯摄像设备。（公司还推出了一种规格差不多，但装有小型脉冲武器的型号，不过这是高级套餐的内容，通常针对最大型的合同条款。）我把它们设为侦察模式，任其升到空中。

我这么做，仅仅出于一种直觉，并非有意。作为安保型护卫战士，我平时负责的内容是保护客户的人身安全，或是礼貌地阻止客户之间的自相残杀。我现在正在做的事情，已经远超我的职责范围。我简直快变成半个战斗型号了。

我们横穿过浅浅的河流，水流冲走了附在靴子上的水生无脊椎动物。附近的树木矮小而稀疏，不会遮挡视线，从这个角度望过去，我们可以清晰地看到"德落"基地。即便透过无人机视野，我们也没有发现"德落"无人机的踪影。在"跳跃号"里，拉提希通过扫描装置也毫无发现。我真的非常非常希望能察觉到那三个护卫战士的位置，可惜什么都感应不到。

护卫战士之间并没有感情交流这回事。我们并非朋友关系，这里指的是连续剧里的角色之间，或者客户之间的那种相处关系。因为平时虽然会一起工作，但不代表我们会信任彼此。这还不算那些遇到"极品"客户的情况——他们会教唆护卫战士互相打架以供取乐。

扫描显示警戒感应已经失效，无人机那边也没有收到任何警

示，这足以说明"德落"的中心系统已被关闭。这么一来，理论上，位于基地内部的人类便无法获得访问我们的权限，或是回应通信器了。

我领着几个人类呈倾斜角度行进，穿过"跳跃号"停机坪，然后朝基地1号走去，同时密切关注基地主大门和周围的动静。由于人类频繁走动及飞行器多次升降，草坪上几乎没有剩下多少绿色了。据之前的天气报告显示，昨晚这里下过雨，现在泥土已经干硬，而上面并没有任何新痕迹。

我把这些发现传给曼莎，然后她告诉了其他人。李萍轻声说道："应该是在'德落'跟我们联络完后不久，里面就发生了一些状况。"

"他们应该不是遭到了外部袭击。"欧弗思同样用极低的声音回答。其实完全没必要，但我能理解这种做法。

"这颗星球除了我们和'德落'，并没有其他人，也不应该有其他人。"拉提希的声音模模糊糊地从通信器里传来。

其实目前来说，最大的危险在于这里有三个护卫战士，而他们统统不是我。

我巡视了一番基地主大门，完全紧闭，没有任何被外力破坏的痕迹。据勘察完整个建筑物的无人机反馈显示，另一个方向的入口同样如此。所以很明显，这里没有发生外部袭击事件，至少不是那些充满敌意的本土生物干的。我将拍摄到的图像发给曼莎，然后大声地说："曼莎博士，我认为现在应该派我独自前去探查。"

她犹豫着，仔细查阅刚才我发去的资料，然后她的肩膀开始紧绷。大概是因为，她正逐渐得出跟我一样的结论。即使还不能证实，也没有人能否认那是最大的可能性。曼莎答应了我的提议，说："好吧，我们在这里等你，但要确保大家都能看到你的行动。"

她说了"大家"，这就是指所有人了。曼莎可不像以前我遇到过的那些口头说着大家，实际还是指他自己一个人的客户。我只好把摄像机权限发给所有人，然后继续前进，同时召回四架无人机，让剩余两架继续围绕警戒线飞行，继续侦察。

在路过陆用汽车棚的时候，我顺便观察了一会儿。汽车棚的后方放着一些密封的储物柜，四辆熄了火的汽车都在，车门朝一边打开，地面也没有新的轮胎轧痕。本来我该进去仔细搜查一番的，但已经没有进去的必要了。其实，下一步就该轮到"大家来猜猜看里面会找到多少具尸体"的环节了，所以还是让我们直接进入正题吧。

我径直走向基地 1 号的门口，心想反正不知道密码，原本还颇有些期待可以用炮弹把门轰开，谁知我刚按下按钮，它就一下子朝两侧滑开了。我用权限跟曼莎打了个招呼，表示接下来不会再大声说话了。

曼莎也从权限回答表示收到信息，然后我听见她让其他成员退出权限及通信频道，只留下她自己，这样就不会打搅我做事了。说实话，她小看了我忽略人类的能力，不过这样贴心安排还是让我感到高兴。

拉提希轻轻叮嘱了一声"万事小心"，之后便不再吭声了。

我拿起武器迈入大门，穿过盔甲装备存放区，走向第一条走廊。我派出四架设置为内部侦察模式的无人机在前方探路，然后听见曼莎的声音从耳边响起："所有盔甲都在，一件不少。"她能够透过权限看到我视野摄像里的情况。

"德落"的基地要比我们的气派不少，他们有更加广阔的大厅，还有全新的设施。但现在，这里一片空寂，我能感觉到一阵尸体腐烂的气味穿过头盔、过滤器向鼻子扑来。眼见这里没有什么发现，我走向中心区域，那儿应该是指挥中心的所在地。

基地里的灯还亮着，我能听见通风口发出的"呼呼"声。只是这里的权限已被禁用，所以我无法连接上安保系统，摄像机也就不管用了。

在指挥中心门口，我找到了第一个护卫战士。它四肢摊开，后背朝上地躺在地上，胸口盔甲处被刺穿，留下一个约十厘米宽、十余厘米深的大伤口。虽说我们生命力极其顽强，但这种伤口也足以致命。我快速检查了一番，确保它失去行动力后便不再理会，越过它继续朝里面走去。

指挥中心里散乱地分布着十一具人类尸体，有的倒在地上，有的瘫在椅子上，他们身后的监控台和投射显示屏满目疮痍，全是炮弹喷射装置及能量武器造成的一道道破坏的痕迹。看到这一幕，我立马通知曼莎赶紧退回"跳跃号"，她答复收到。接着，我也从基地外面的无人机那里得到反馈，大家确实都按照指令撤退了。

我从另一边的门走了出去，进入通往食堂、医务室及客舱的走廊。无人机传回来的数据显示，"德落"的布局和我们基地很像，只不过这里走几步路就会遇到死去的人类。根据现场痕迹可以推测出，死去的护卫战士应当是被人从背后袭击的。我想知道是什么东西杀死了它，但是一无所获。当时人们估计是得到了警示，他们本该拥有足够的时间通过另一个出口逃走的，谁知迎面撞上另一拨敌人，被堵在中间无路可逃。而这个死去的护卫战士，恰

恰是为了保护人类而遭到杀害的。

这意味着，我得找到其他两个护卫战士。

或许"德落"调查队平时对它们的态度非常恶劣，甚至虐待它们，导致这群人罪有应得，现在这般后果完全是咎由自取。不过这不在我关心的范围里，反正没人能伤害由我保护的人类。为了保护曼莎他们，我要杀掉这两个可恶的同类。其实我完全可以选择另一种方式，比如把这里的交通工具统统毁掉，然后带着曼莎他们离开，把两个护卫战士困在这片被汪洋环绕的大陆上，无处可去，这会是一种相对聪明的做法。

但我想把它们都送下地狱。

在食堂，一架无人机又发现了两具人类尸体。他们当时正从加热间取出食盒，走向餐桌准备吃饭，然后就被毫无预警地杀害了。

我穿行于各个走廊和房间，在搜查的同时，也对照着"跳跃号"资料库进行图像检索。之后，我得出结论：杀害护卫战士的凶器应该是一把矿产调查工具，类似于一种压力推进器或者声波发射钻。我们飞行器上也有一台，这是标准配套设备工具。若是想要用这种工具来对付护卫战士，必须站在少于 1.5 米的距离，使足够大的力气，才能刺穿盔甲。

（空图像）

因为如果一个杀手机器人，拿着一种足以刺穿盔甲的炮弹喷射装置或能量武器，走入基地并靠近另一个杀手机器人的话，想要不引起一丝怀疑几乎是不可能的。如果它拿着人类的设备工具的话，成功的可能性就大大提升了。

当我到达基地1号另一端的时候，无人机已经把整个建筑都搜查了一遍，没有发现任何异状。我站在出口处，眼前是通往基地2号的一条狭窄的走廊。走廊尽头有一具尸体横在入口处，半边身子在外，半边身子朝内，让大门呈半开状态。这意味着我必须跨过她，将大门完全推开，才能顺利进入基地2号。

随后我发现尸体有些不太对劲。放大视野摄像机的影像，近距离查看她朝外伸展的一条手臂后，我明白是哪儿不对劲了——尸斑的位置。她之前是被射中胸口或者头部致死，但在一段时间里，她是呈正面朝上的姿势躺着的。她是最近——或许是察觉到我们正朝这儿飞过来的时候——被人从别的地方移过来的。

我把我的想法和接下来的行动计划通过通信频道告诉曼莎，她对此没有提出任何疑问。毕竟透过视野摄像机，她已经充分意识到，前面等着我们的会是什么了。曼莎首先表示收到信息，接着她在通信频道里大声说道："护卫战士，我现在要求你待在原地，等我过来与你会合。"

我回答:"明白,曼莎博士。"然后小心翼翼地退回走廊,迅速朝安保预备室走去。同时我在心里默默赞叹:与一个足够聪明的人类共事,确实是种非常不错的体验。

"德落"基地不仅比我们基地大,他们还有屋顶通道,这倒方便了我留在外面的无人机侦察更多的情报。我沿着阶梯爬到屋顶入口,"嘭"的一声把门顶开,再借助战靴上的磁化攀登夹直接踏了上去。穿过一个个蜿蜒曲折的房顶,我顺利到达了基地3号,再从基地3号绕回到基地2号。这样一来,我就有机会从后方偷袭那两个家伙了。

这两个护卫战士确实算不上最敏锐的杀手机器人。虽然它们把基地1号和2号之间的走廊清理了一遍,想掩盖那具尸体是后来被摆放在那里的事实,但若你随意打量一下四周,就会发现比起其他地方灰蒙蒙的地面来说,这条通道实在是太干净了。

打开基地2号的屋顶入口后,我派出无人机飞往下面的安保预备室。在确认那里及护卫战士修复舱里都空无一人之后,我从梯子上跳了下去。大部分装备都没有被拿走,包括它们的无人机。这可是整整一箱的全新型号啊!不过没有"德落"中心系统的支持,这些装备也发挥不了什么作用。虽然从表面看起来,中心系统已下线,但我并不确定这会不会是迷惑外人的障眼法。

万一它突然上线并激活安全防护摄像机，游戏规则可就被彻底改变了。因此，我保留了一部分注意力，用来盯着"德落"的系统动态。

我走进内部通道，用无人机侦察路况，当我动作轻缓地经过医务室被炸开的大门时，看到里面堆着三具尸体。当时，这些人应该是想要紧锁入口以求保命，可惜这样反而把他们自己困在这里无处可去，直到叛变的护卫战士炸开大门，然后将他们屠杀。

等到终于靠近那条通道的另一个入口，即很可能是那两个家伙的藏身之处时，我让无人机悄悄飞过去勘查了一番。没错，它们就在那里等着我，不过曼莎博士还没赶过来。

可惜无人机上没有装武器，只好出其不意攻其不备了。说时迟那时快，我迅速往最后一个转弯口冲去，然后用力踩在墙上，借助巨大的反冲力转身朝前方快速直进，向敌人所在位置集中射击。

第一个护卫战士的背部被我用三个引爆弩箭射中，趁它转头的时候，我直接用第四个命中了它的头部，成功放倒了一个。另一个被我划伤手臂并顺势卸掉了关节。它想将主武器换到另一只手上，但这是个错误的举动，因此我也多了几秒的缓冲时间。在通过火力压制使它失去平衡后，我立马换回引爆弩箭，发射、爆

炸，成功放倒了第二个护卫战士。

一场激战之后，我脱力地倒在地上。我需要一点儿时间来恢复能量。刚才在干掉第一个敌人的时候，我至少被它们的能量武器击中了不下十次。幸好它们的引爆弩箭打偏了，把我身后的走廊炸得一片狼藉。哦，对了，还有炮弹，我的右肩被击中了三次、左髋四次。显而易见，这就是我们的打架模式——互相拼命攻击，然后比谁身上的部件更为牢固，谁能撑到最后，谁就赢了。

两个敌人都还未真正死亡，只不过也没办法自己回到修复舱进行自我修复了——反正我是不可能拉它们一把的。

刚才战斗过程中有三架无人机进入了战斗模式，冲到我面前吸引火力时被击毁，剩下一架被能量流弹击中失控，现在在后方走廊像无头苍蝇一样转来转去。我检查了一下外面两架无人机的情况，然后打开通信器，告诉曼莎博士，我准备继续搜查基地其余的地方，正式开展对幸存者的搜救行动。

当我摇摇晃晃地站起身时，忽然感觉到背后的门被打开了。因为权限向我显示，那架无人机"嗖嗖"地飞了出去。门开了它才可以飞出去，但也许是由于系统延迟，我花了几秒钟才得到这个结论。下一刻便有什么东西重重地打在了我身上，我"扑通"一声再次摔倒。随着系统下线，我眼前一黑，陷入了昏迷。

　　我重新恢复意识的时候，眼前依然一片漆黑，也听不见任何声音。我的身体动弹不得，在试着连接权限或者通信频道时，也收不到任何回应。这是被绑架了还是怎么了，亏我还是杀手机器人呢。

　　突然，一种诡异的感觉从我的有机部件蔓延开来，空气依次流过脸和胳膊，然后流入盔甲，钻进肩膀上如同火烧般刺痛的伤口里。我意识到有人正在脱下我的头盔和我上半身的盔甲，所以才会每隔几秒就传来一次这种怪异的触感。在困惑不已的同时，我非常想要放声大叫，难道这就是杀手机器人濒死的感觉？功能丧失，系统下线，但仍有一部分身躯还保持活力。即使能源核心正逐渐失去活性，它也仍然在为有机部件提供能量，延缓死亡的进程。

　　接下来我能感觉到，有人要把我搬去某个地方。这一刻我发誓真的想要大喊出声。我抑制住内心的恐慌，拼命想要夺回身体的控制权。这起了一定效果，因为我身上更多的感觉正在慢慢苏醒。太好了，我还没死。

　　我焦急地等着其他功能恢复，内心时而狂乱地咆哮，时而感到迷茫，时而又惊恐万分。我很奇怪这些人怎么还不往我的胸口戳个大孔。渐渐地，听觉回来了。对方活动时，关节发出的特有

的微弱声响告诉我，那是一个护卫战士。但"德落"基地明明只有三个啊……出发之前，我查阅过它们的规模报告。虽然有些时候，好吧，大多数时候我只会看一部分，但是李萍也查过，她比我认真一百倍，所以毫无疑问就是三个护卫战士。

过了一会儿，身体的麻木感开始消退。作为半机械半人类的合成体，感官输入是自带平衡功能的。现今失去了这个功能，我感觉自己的有机部位开始阵阵刺痛。

随着感官逐渐恢复，我意识到，我的胸口紧贴着一个坚硬的表面。这立马让我清晰认识到了自己的处境——我正面朝下躺着，一条胳膊垂在身体一旁，正无力地晃荡着。

它们这是把我放在桌子上了？听起来就不像是一件好事。

一股压力自后背慢慢传到头部，我想反抗，可是身体的其他控制权恢复得太慢太慢了。虽然能感觉到权限，但是没办法激活。然后有什么东西刺进了我的后颈，那是有机部位，跟人类一样是有痛感的。无法控制的紧张感自系统内喷涌而出，遍布全身，我感觉他们好像想要把我的头锯下来。

巨大的恐慌笼罩着我，我心中警铃大作。突然一激灵，我发现自己能活动了。下一刻，我使劲松开左臂关节，做出了平时无论是人类、强化人类抑或是杀手机器人都无法完成的高难度动作——反手往上探向疼痛的后颈处，一把抓住那只装甲手腕，然后施力扭转身躯，借助这股力量一举将它掀翻，接着我俩一起摔下了桌面。

撞到地面的那一瞬间，我用双腿夹紧对方在地面翻滚，这期间它想用前臂的武器对付我，但我的反应非常快，不等它反击，我已用手夹住枪口让它无法攻击。随着视觉恢复，我能看见对方近在咫尺的不透明头盔，但自己上半身的盔甲已被脱了个精光，这一对比更是让我火冒三丈。

我用力将它那只装有武器的手往上推到它自己下巴的下方，它拼命想要中止开火指令，可惜失败了。能量弹越过我的关节和手掌，直奔它的下巴而去，"乒"的一声，它的脑袋和身子一阵痉挛。我松开压制慢慢起身，用另一条完好的手臂环过它的脖子一扭，"咔嗒"，结束。

松手以后，我的各种感官终于完全恢复了，无论是机械部位还是有机部位。突然，我又听到了"啪嗒"一声。我往上看去，发现另一个护卫战士站在门口，对着我的方向准备启动大型炮弹喷射装置。

还真是没完没了了……没关系，我会用力撑直身子朝一旁躲开攻击。哦不，反应能力还不够快，这下糟糕了。正当我处于无

力回天的绝望之际，敌人突然浑身抽搐着，往前一扑摔倒在地。它的武器从手中掉落，背上多了个十厘米宽的大洞。与此同时，曼莎手里拎着一把矿产声波发射钻，宛若天神降临一般站在它身后。

"曼莎博士，"我喃喃地开口，"这种行为违反了安全防卫优先权规定，根据合同要求，我有义务记录下来以便日后向公司汇报……"我感觉大脑一片空白。

她忽略了我的话，一边用通信器呼喊李萍，一边大步上前抓起我脱臼的手臂想要帮我接起来。但对于曼莎来说，我实在太重了。为了防止她弄伤自己，我只得配合她找准方向，接着把自己朝她推过去。这一刻，我脑海里忽然跳出个念头：曼莎博士也许真有可能成为一个英勇无畏的银河探险家，哪怕她跟娱乐频道里的那些角色长得一点儿也不像。

我们相互搀扶着往外走去，一路上曼莎努力地推着我向前，因为我身体一侧的臀部关节貌似出了点儿问题。哦对了，之前被击中了来着。鲜血从被割开的表皮保护层裂口流了下来。我伸手摸了摸脖子，本以为会摸到一个大洞，谁知道有什么东西堵在了那里。

"曼莎博士，这里可能还有其他叛变的护卫战士，我们不清楚……"我突然想起这件事。

"所以我们必须加快速度。"她一边说着，一边继续拉着我。

她把外面那两架无人机也带了进来。它们正漫无目的地在头顶转圈，人类可没有足够权限控制它们干活。我尝试给它们下达指令，但目前，我还是不能完全连接上"跳跃号"的权限路径。

过了一会儿，我们转入另一条走廊，欧弗思正在门口焦急地等着我们出来。她一见到我们的身影，就立马按下了开启面板。我眼见她手里拎着自己的武器，四处看了下，发现我的武器正被曼莎夹在胳膊下面。"曼莎博士，我需要武器。"

"你的一只手和一部分肩膀已经没了，还想什么武器。"她严肃地指出事实。欧弗思伸手扶住我，帮曼莎一起把我推出门口。

刚出门口，一大片被劲风扬起的尘土扑面而来。"跳跃号"在两米之外的地方缓缓降落，掀起一股巨大的气流，几乎要把基地的屋顶通道都吹干净了。

"没错，我知道，可是……"我依旧不放弃，直到拉提希打开"跳跃号"舱门跳出来，一把抓住我外皮保护层的领口位置，用力将我们三人统统推进了机舱。"跳跃号"启程时，我一个不稳摔倒在地，看来得赶紧看看怎么修好髋关节才行。不过在此之前，我得先扫描一下广场的情况，以防有人瞄准我们的飞

行器。

即使我现在已身处"跳跃号"上，系统权限连接依旧极度不稳定，并且不断显示故障。我完全没办法从仪表上读取任何报告，就好像有什么在故意干扰……

糟了。

又一阵感觉从后颈处传来，之前最明显的那股阻塞感突然散去，有什么正在介入我的数据端口。

原来"德落"的护卫战士并不是失控叛变，而是被植入了战斗覆盖模块。换句话说，它们是被恶意控制了。因为个人能够通过这种中枢控制护卫战士，将它从一个能够自主活动的合成体变成一具没有灵魂的杀戮傀儡，届时它的权限会被全面切断，连同通信也被掌控，运行功能倒可以保留一定的执行力，具体视命令复杂程度而定，但"杀死人类"这条指令就一点儿也不复杂。

曼莎正站在我上方，拉提希正越过座位往外打量着"德落"基地，欧弗思打开了一个储物柜。大家在谈话，可我已经听不进去了。

我站起身，开口说道："曼莎，你现在需要马上把我关闭。"

"什么？"她疑惑地低头望着我，"我们等会儿就可以给你做紧急修复……"

　　我的声音已经开始变得支离破碎，中枢下载的内容如同洪水一般灌入我的系统，我的大脑开始感到不堪重负。因为通常来说，我不会一下子接收这么多信息。

　　"刚才那个未知的护卫战士向我植入了一个数据载体，叫作战斗覆盖模块。现在它正在下载指令，很快就会覆盖我的系统。跟那两个'德落'护卫战士一样，我会被命令杀掉人类，所以你现在得马上关闭我。"

　　我也不清楚自己为什么要反反复复说这些话，可能是因为感觉到曼莎并不想听。不久前，她才用一把采矿钻打倒一个全副武装的护卫战士，就是为了把我救回来。我猜测她大概是想留下我，不过该说的还是得说："你必须杀了我。"

　　过了一阵子，他们才反应过来我说的话，再结合之前通过视野摄像权限所看到的内容，事实已经很清晰了。

　　"不！"拉提希低头望着我，惊恐地大喊着，"不行！我们不能……"

　　曼莎一样反对道："我们不会这么做，李萍！"

　　欧弗思丢下手中的修复箱，快速爬过两排座位直奔驾驶舱，大喊李萍的名字。可以看出，她是想接替李萍驾驶员的位置，让她赶过来帮我，但我知道已经来不及了。即使髋关节损坏、只剩

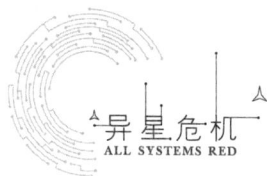

下一只手，但对我来说，杀死这里的所有人类依然是一件很容易的事情。

所以，我拿起座位上的那把枪，转向自己胸口并扣下了扳机。

性能稳定性为 10%，正持续下降，系统开始关闭。

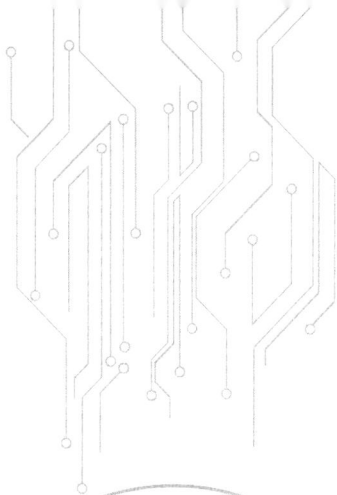

第五章

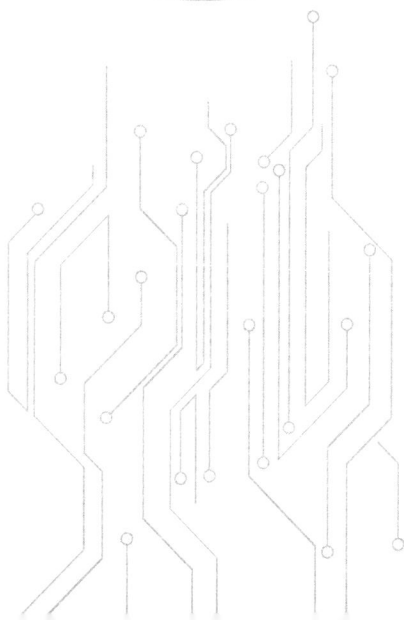

///////////

　　意识恢复的那一刻，我能感到自己正在慢慢地转入苏醒阶段，但整个人还有点儿迟钝。我也记不清为什么身体的所有指标均已掉线，心里有些七上八下的。回顾了运行日志记录后，我才知道原来是这么一回事。其实我不应该再次醒来的。没想到，他们居然没狠下心杀了我，这些不要命的笨蛋。当然了，当时我之所以没有朝脑袋开枪，是因为既不想死在自己手上，也不愿意杀死他们，所以只能折中选择，给自己的胸口来了一下。

　　让躯体暂时失去行动能力的办法并不止一种。不过，说实话，我宁愿挨这一枪，也不想待在那儿听人类相互说服彼此，说着"别无他法、只能这么做"什么的，饶了我吧。

　　自我诊断完成，结果显示战斗覆盖模块已被移除。我简直不敢相信，他们居然真的做到了。接着安保权限启动，即时医疗摄像记录跳了出来：当时我浑身上下只剩下残留的表皮保护层，盔甲不翼而飞，我躺在手术台上，一群人类正在围观我——这大概是个未醒的噩梦。值得欣慰的是，我的肩膀、手部和髋部都已经被修好了，看来之前我在修复舱里度过了一段时间。

为了了解苏醒前发生的事情，我把摄像记录往前调了一些。原来是李萍和欧弗思两人合作，她们通过一场精巧的手术，最终把我后颈里的战斗覆盖模块取了出来。这可真是太棒了！我松了口气，意犹未尽地把这段记录重播了两次，然后给自己做了个全身诊查——受伤的数据都被清理干净了，只保留了进入"德落"基地之前的记录。

我的客户确实是世界上最好的客户。

很快，听觉系统恢复，古拉辛的声音传入耳中："我已经让中心系统限制了它的活动。"好吧，这句话的含义可就有点儿丰富了。

不过我现在依然控制着安保系统。我下令让它冻结中心系统权限，并且执行设定好的紧急运行程序。紧急程序中有一个功能，可以用以前中心系统保存的视听记录，替换掉基地里一小时内的视听记录。这么一来，若有人想要利用中心系统进行监听或调出过往记录，那么他只会发现人们很突然地结束了对话。他们休想得到任何有用的信息。

古拉辛的话掀起了一阵轩然大波，引来了很多反对的声音，大部分来自拉提希、沃勒斯库和阿拉达，李萍则不耐烦地对他说

道:"你根本就是杞人忧天！它在朝自己胸口射击的同时，就已经停止了数据更新，而我已经把狂暴芯片留下的少量残余内容都清理干净了，根本不存在任何威胁！"

欧弗思也跟着说:"你想要亲自给它做一次诊断吗？毕竟眼见为实……"

即使不开启安保权限的声音转述功能，我也能听见他们说的每一句话。所以我只是把视觉信息接收模式调整为摄像成像模式，依旧闭着双眼。曼莎扬起一只手示意大家安静，她开口问道:"古拉辛，你发现什么问题了吗？"

古拉辛回答道:"是的。在它下线以后，我找机会访问了中心系统的内部系统和运行记录，想要搞清楚之前在权限上面检测到的异常问题是怎么回事，然后发现……"他指着我，"这个护卫战士的调控中枢早就被关闭了，系统控制不了它。你们说说看，它不是定时炸弹是什么？"

若这是一部连续剧，现在剧情大概到了该说"见鬼"的时候了。

通过安保系统的摄像视野，我看到大家脸上只是浮起了疑惑的表情，但没有害怕、警惕的意思，至少现在还没有。

闻言，李萍双手交叉放在胸前，用锐利的眼神盯着古拉辛，满脸怀疑、一字一句地说道:"我认为你的说法很难让人信服。"虽然她并没有用类似"你这浑蛋"的表述,但从口气中可以体会一二。因为不久前,李萍对我的本地系统彻查了一番,古拉辛的一席话等于在质疑她的专业判断水准,这让她十分不悦。

"它根本就不需要听从我们的命令,甚至也不受控于任何系统。"古拉辛不耐烦地反驳道。他同样也不喜欢其他人质疑自己的专业水平,不过他显然比李萍更能控制自己的脾气。"沃勒斯库清楚我的评估结果,他也表示赞同。"

沃勒斯库是我的客户,我救他只是出于职业意识,绝不是因为私人感情。随后我听见他说道:"不,我不同意。"

"那么调控中枢到底有没有在运行?"曼莎皱着眉头望着所有人。

"没有,调控中枢绝对已经被破解关闭了。"沃勒斯库解释道,谈吐中充满冷静睿智的魅力,与那天被"敌对1号"攻击时惊慌失措的表现截然不同,"我们护卫战士的系统与调控中枢之间的联系确实断开了一部分。系统指令依然被允许传递,只不过不会被强制执行,也无法控制它的行动或是给予惩罚。换句话说,它现在是完全自由的个体。这种情况下,它自主选择保护、照顾我们,不离不弃,我认为这正是它值得信赖的体现。"

好吧，我承认自己确实挺喜欢他的。

古拉辛依旧坚持自己的观点，说道："我们来到这里之后，一直遭到各种暗中阻挠。从丢失风险评估报告，到缺失地图内容，这些明显都是有人故意为之的。一定是债券公司出于某些原因，下令让这个护卫战士偷偷做手脚，来阻止我们继续调查和开发这颗行星。他们设法除掉了'德落'全体成员，下一个便会轮到我们。"

拉提希一直在寻找合适时机说话，闻言他立马插嘴说道："我知道很多事情都非常古怪，比如'德落'基地明明应该只有三个护卫战士，但我们那天实际遇到了五个，所以显然暗处还藏着真正的敌人。我相信我们的护卫战士不会是其中一员。"

最后巴拉德瓦杰也附和道："沃勒斯库和拉提希说得没错。如果他们下令让护卫战士杀死我们，我们现在也不会坐在这里说话了。"

而欧弗思则忍不住愤怒地大喊道："是它告诉了我们战斗覆盖模块的存在，还让我们杀了它。如果它真的想要伤害我们，这么做的意义又何在？！"

这席话可说到我心里去了，这姑娘真不错，我喜欢。事到如今，哪怕我再不情愿开口和人类谈话，现下也得为自己辩护几句。于是我闭着双眼，通过安保系统的摄像视野望着他们，以比较轻松的方式说道："公司并不想杀害你们。"一石激起千层浪，大家被我的话吓了一跳。古拉辛还想要说些什么，但李萍一直跟他唱反调。

曼莎快速走到我身边，担忧地望着我；古拉辛跟其他人也一下子围了上来，七嘴八舌地发表着自己的意见，吵闹不已；巴拉德瓦杰远远坐在后面的椅子上，并没有参与进来。终于，曼莎开口问我："护卫战士，你是怎么得出这个结论的？"

即使只是透过摄像机对视，这股视线还是让我感到了压力。于是我只能假装自己正待在修复舱里头，不去注意他们的视线，说道："如果公司想要对付你们，只需要通过回收系统给供给物资下毒，伪造成意外事故就可以了。相对来说，他们更喜欢那种做法。"

所有人都陷入了沉默，但他们不得不承认，若是公司想要对供给物资做什么手脚，那简直是易如反掌。

想到这里，拉提希跳了出来说："没错，那确实是……"

但古拉辛用比平时更强硬的口吻打断了他，说道："这个护卫战士手上人命累累，它在一次采矿行动中杀害了五十七人。而这些人都是它应该保护的对象。"

该来的还是来了。所以刚开始我就说了，破解调控中枢之后，

我没有变成杀戮狂魔的说法的确有一部分是事实。

那是因为，我早就已经是一个杀戮狂魔了。

虽然真的不想再提起那件事，但我必须解释清楚："我不是故意的，那是因为公司愚蠢又短视，只买最便宜的零件当作材料，导致调控中枢频频发生故障。当时，我的系统就是因为这个原因才会失去控制。后来他们回收了我，给我装入了另一个调控中枢。因为我不想重蹈覆辙，所以只能自己关了它。"

这才是整件事的始末。而其中有一件事我很确定，那就是关闭调控中枢后，确实没有再发生因系统出错导致失控杀人的惨剧了。事情原本就该如此，无辜的人不该因系统故障而受到伤害。我看过太多的连续剧，知道这样才能通向美满的结局。

沃勒斯库看起来有点儿忧伤，他耸了耸肩说道："古拉辛提取了它的本地运行记录，我也查看了里面的内容，的确如此。"

古拉辛扭过头来望着他，有点儿焦躁地说："运行记录反映的是它自己认为的主观情况，不一定就是客观事实。"

巴拉德瓦杰轻轻叹了口气说："可我正活生生地坐在这里。"

语音一落，现场安静得仿佛一根针掉在地上都能听见。通过摄像机，我看到李萍满脸犹豫，不停扫视着欧弗思和阿拉达，而拉提希在揉搓自己的脸。然后曼莎轻轻地问我："护卫战士，你有名字吗？"

我不明白她是什么意思，只能依言回答："没有。"

"它管自己叫'杀手机器人'。"古拉辛补充道。

这下我忍不住了，立马睁开眼怒视着他。我知道自己完全藏不住心思，心里想什么统统都写在脸上，现下我怒火中烧，也管不了那么多了。我向他吼道："喂，那是昵称！"

然后四周陷入了更长时间的寂静。

沃勒斯库率先打破了沉默，说道："古拉辛，你最初查看运行记录的目的，是为了搞清楚它平时都干些什么，把结论告诉大家吧。"

曼莎挑起一边眉毛，好奇地问道："说说看？"

古拉辛有些犹豫地开口道："自从来到这里以后，它下载了约700 小时的娱乐节目，大部分是连续剧，尤其是一部叫《穆恩庇护所兴衰史》还是什么的。"说着，他摇摇头一副不愿意相信的样子，"这可能是个障眼法，是它为向上级传递数据做的掩护。稍微想想也该知道，它不可能看得完这么多集连续剧。"

我不屑地哼了声，心想这家伙居然敢小看我。

拉提希问："就是有段剧情是一个律师杀害了当地殖民化进程的监管者，而那个人刚好是自己试管宝宝的第二捐献者的那部连

续剧？"

这次我也没能忍住，立马开口纠正他道："她才不是凶手，这是该死的谎言，你被骗了。"

拉提希闻言马上转向曼莎："它真的在看。"

李萍则有点儿恍恍惚惚，她问道："你是怎么黑掉自己的调控中枢的？"

"公司内部设备的运行模式都是一样的。"之前因缘巧合之下，我得到了一个下载包，里面包含了公司所有系统的详细说明。而当时我正被困在修复舱里无所事事，便干脆研究起了破解调控中枢的方法。

古拉辛依旧坚持自己的看法，但没有再继续说什么。我推测他已经无话可说，那么接下来就该轮到我了。

"你错了，是中心系统让你查看我的记录，是它让你发现调控中枢的情况，这才是真正的不怀好意。它的目的在于让你们不再信任我，而我才是真正想保住大家性命的人。"

古拉辛却说："我们没必要去信任你，只要继续禁止你行动，就能保证我们的安全。"

好吧，我几乎觉得他是在逗我发笑了。

"大错特错。"

"何出此言？"

电光石火之间，我已从手术台上翻滚落下，握住古拉辛的脖颈，把他抵在了墙上。当这一系列动作完成之后，大家依然云里雾里的。我没有做其他举动，只是在等其他人反应过来。等他们看清眼前这一幕的时候，都十分震惊。尤其是沃勒斯库，发出了一阵诡异的声响。

我继续说道："因为中心系统告诉你们我已被禁止行动的时候，就是在撒谎。"

古拉辛的脸逐渐涨红，不过由于我根本没有使力，所以他不会真正受到伤害。此时曼莎站了出来，用平稳冷静的语气说道："护卫战士，请把古拉辛放下来。若你照做，我会非常感激。"

她是个名副其实的优秀领导者，我决定以后要破解她的档案，然后把资料都输进自己的系统里。毕竟若她此刻大发雷霆的话，只会加剧所有人的恐慌情绪，然后事态发展便可能会超出可控范围了。

我一字一句地对古拉辛说："我不喜欢你，但我喜欢其他人类。而且我真想不明白，他们到底喜欢你什么地方。"然后就松手将他放了下来。

我走到一旁，看着欧弗思冲了过去，沃勒斯库抓住她的肩膀，

但古拉辛伸手挥开了他们。他的脖子连一小块儿红印都没留下，还发这么大脾气。

我继续选择用摄像视野观察他们，因为这比直接用眼神交流要容易很多，并且我很痛恨现在的状况。我的表皮保护层被撕裂了，暴露出了有机部位或机械部位的关节。衣不蔽体的感觉让我很不舒服。

我不作声，大家也呆呆地站在原地，场面一度如同冷锋过境。曼莎深深吸了一口气，打破了僵局说道："那么护卫战士，你有办法阻止中心系统获取这个房间的安全记录吗？"

我盯着她旁边的墙面答道："我已经切断了联系。因为中心系统不能同步获取影音信息记录，中间大概有五秒的延迟，所以我已经把刚才古拉辛提到的破解调控中枢的内容都删掉了。"

"很好，"曼莎点点头，她转过来时，我下意识避开了她的视线，"这么说来，调控中枢从一开始就已经失效，所以你不必听从我们的指令，也不需要回应任何人的要求。"

大家都陷入了沉默。我逐渐意识到，曼莎此举不仅是在为我辩护，还包含了从她自身角度考虑的因素。下一刻她继续说："我很希望你能继续留在团队里，直到大家离开这颗星球或是回到安全之处。到那时候，我们就可以好好商量一下以后该做什么。对此我承诺，不会向债券公司或者其他人透露任何信息，无论是关于你的，还是调控中枢的。"听到这番话后，我从心底默默叹了口气。真是毫不意外啊，她当然会做出承诺，否则还能说什么呢？

总之，我现在满脑子都是"我不在乎，一点儿都不在乎"之类的念头。其实无论相信与否，这二者之间又有多大差别呢？最后我还是得出了一个结论，那就是：管他呢，我一点儿也不在乎。想到这里，我无所谓地答道："行吧。"

在摄像视野里，我可以清晰地看见拉提希和李萍交换了一个眼神，而古拉辛皱了皱眉，依然一副怀疑的样子。曼莎无视周遭反应，继续问我："那么中心系统会发现你的调控中枢出问题了吗？"

我很想避开这个话题，因为除了自己的调控中枢，我还破解了其他不少系统。我实在难以预料这些人类会作何反应，可惜现在不能继续瞒着他们了。所以我只能如实答道："有这种可能。虽然第一天我就设法破解了中心系统权限，让它无法察觉出不是所有发向调控中枢的指令都被执行。只是，若中心系统被第三方入侵了的话，我不确定这种设置还能不能起作用。但有一点是明确的，那就是中心系统不会发现你们已经知道调控中枢被破解了。"

拉提希双手抱臂，不安地耸起肩膀，开口道："那我们得把它关掉，否则它会杀光我们的，"语音未落，他猛然哆嗦了一下，望向我，"抱歉，我指的是中心系统。"

"没关系。"我回答。

"所以我们现在应该考虑，中心系统已经被第三方入侵的可能性，"巴拉德瓦杰一字一句地说着，仿佛这样会更容易说服自己，"但如何确定这不是公司自编自导？"

我反问道："那么，'德落'基地的烽火装置被触发了吗？"

闻言，曼莎皱起了眉头，拉提希也再次陷入沉思，良久他才开口道："在回程路上，我们稳定好你的伤势后，就发现'德落'烽火装置已经被破坏了。如果说公司跟坏人是同伙，那么他们没必要多此一举。因此可以断定，公司确实与此事无关。"

所有人都没有动，只是静静地站在那里。从他们的表情可以看出，大家都在认真思索。现下情形确实不容乐观。想想看，中心系统想要杀死里面的人类，它掌控着整个基地的各个方面——不仅控制着食物供给、庇护所出入，还有过滤空气及饮用水。反观人类这边，他们所拥有的仅仅是一个杀手机器人，而它只想要远远躲开嘈杂的人类，跑到安静的角落里独自待着，然后看一整天的连续剧。

阿拉达突然凑了过来，轻轻拍了拍我的肩膀说道："我觉得很抱歉，那些护卫战士居然给你植入战斗覆盖模块……你一定很心烦意乱吧，现在感觉好点儿了吗？"

这可有点儿太过了，居然上来就肢体触碰。我立马转身走向一边的角落，背对他们站定，然后说道："我至少发现了两次有人在暗中作祟。第一次是在巴拉德瓦杰博士和沃勒斯库博士遭到'敌对1号'袭击的时候，当时我正前往救援，中心系统却发出中止的命令，想通过调控中枢让我停止行动。起初，我以为是医疗系统应急程序想要覆盖中心系统权限，所以才产生了故障。第二次则发生在曼莎博士驾驶小型'跳跃号'的时候，那会儿我们想查看地图的异常之处，就在准备穿过一座山脉的节骨眼儿上，自动驾驶装置突然失灵。哦不对，还有一次。在我们出发前往'德落'基地之前，中心系统从卫星上下载了一个升级安装包，当时我并没有接收，或许你们该看看里面的内容。"

曼莎随即说道："李萍、古拉辛，你们能在不危及环境运行系统的前提下关掉中心系统吗？同时要确保我们的烽火装置能够不受干扰并顺利开启。"

李萍瞥了一眼古拉辛，点头道："没问题，无论怎样都可以，只要那是你希望看到的结果。"

曼莎微微一笑说道："你们不需要炸了它，但也不必多温柔就对了。"

李萍再次点头回应道："乐意之至。"

古拉辛清了清喉咙，开口道："它会察觉到我们的行动的。而且，若躲在暗中的敌人没有下达明确指令，那它就不会做出反应，我们也无法得知任何有用的信息。"

巴拉德瓦杰皱着眉，身子往前倾了倾，说："没错，中心系统一定有汇报对象。如果被它抓住机会，往外传送有关我们计划的信息，敌人也许会下达进一步的指令。"

"无论如何，我们总得试一试，"曼莎朝那两人点头示意，"赶紧行动。"

李萍依言往门口走去，古拉辛却意有所指地询问曼莎，说："你留在这里不会有事吧？"他的意思当然是指其他人跟我共处一室会不会发生什么危险，对此我直接给了他一个简单粗暴的大白眼。

"大家都好得很，"曼莎无比坚定地回答，然后用低沉的声音补充道，"我说了，马上行动。"古拉辛只好跟李萍一同离开。通过安保系统的摄像视野，我紧盯着他的一举一动，以防这人会做出什么事情来。

沃勒斯库动了动，说道："我们还得好好查一查那个从卫星上下载下来的数据包，看看他们想要利用护卫战士搞什么鬼把戏，那里肯定有不少情报。"

巴拉德瓦杰缓缓站起身，动作依旧有些不稳，问道："医疗系统跟中心系统是各自独立的，对吧？所以到目前为止，医疗系统还没有出现过任何问题。我想你们可以用它来对数据包进行解码。"

沃勒斯库扶着她的手臂，往隔壁舱房的显示屏位置走去。

周围稍微安静下来了，虽然其他人还是可以通过权限听到我们这边的谈话，但至少他们没有都挤在房间里，落在我身上的视线也少了许多，这让我能静下心思考了。对于曼莎的决定，我百分之百表示赞同。虽然有部分人依然对公司持怀疑态度，但不可否认，开启紧急烽火装置是唯一能够带我们离开这颗行星的办法。

阿拉达走上前牵起欧弗思的手，问道："如果这一切都与公司无关，那么真正的幕后黑手到底是谁？"

"这个地方除了我们跟'德落'，还有其他人，"曼莎考虑到这一点时不禁皱起了眉头，"那天出现的两个身份不明的护卫战士一定归属于某个势力。护卫战士，若我假设债券公司已经被收

买，然后对外隐藏了第三方调查团队的消息，你觉得有可能吗？"

无论是多少个调查队，还是一整座城市，甚至是一片殖民地或者一个旅行马戏团，只要公司有信心做到天衣无缝，那就通通不是问题。只不过，我并不认为公司能够悄无声息地让一组调查队成员，不对，是整整两组调查队成员全部消失。而且，这对他们来说根本毫无益处。更不必说外面有太多其他的债券公司，他们都在虎视眈眈，随时准备抓住对手的把柄。现在竞争压力无处不在，若出现客户死亡事件，那必将重创公司的生意。

于是我淡淡地回答道："别说一个，就是这里有上百个调查团队，只要出得起价钱，公司都会隐瞒他们的存在。但我并不认为公司会跟一方客户勾结串通，去杀害另外两方客户。你们签订的债权协议包含保护客户人身安全的内容，若是发生任何伤亡事件，公司铁定需要赔款，哪怕不用承担直接责任或是部分责任，也得向客户家属赔款。'德落'调查队人数众多，这笔巨额赔款就足以让他们割下一大块肉。更别说若是这次客户死亡事件被宣扬出去，人们发现居然是护卫战士故障才导致事故发生，那必然会激起轩然大波。一旦法律诉讼流程走完，公司就会面临天价赔偿，搞不好还会直接导致破产。"

谁都知道公司一向抠门，能省就省，最痛恨的就是花钱，他们连基地的室内装饰品家具都会专门回收，以便下次可以继续使用。

话说完后，我看到大家纷纷露出若有所思的神情，他们一边点头一边慢慢消化我的发言。毕竟我作为一个护卫战士，还曾因故障失控而造成了客户伤亡的事故。这段亲身经历让我更有发言权。

"这么说公司确实是被第三方收买，然后隐藏了其行踪，但是并没有默许他们来杀我们，"欧弗思恍然大悟，"这就意味着只要我们坚持下去，等到返程运输器来接我们，到那时就安全了。"不愧是头脑聪明的科学家，一点即通。我默默地表示赞赏。

"但幕后黑手到底是谁呢？可以肯定这伙人还破解了卫星权限，"阿拉达挥了挥手，在摄像视野里我看到她的目光转了过来，"所以他们就是通过这种方法，控制了'德落'的护卫战士吗？利用卫星来传输错误数据包后入侵系统？"

这个问题问得好，我缓缓回答道："有可能，不过这并不能解释为什么在舱门外，其中一个护卫战士会被采矿钻杀死。"其实作为护卫战士，我们绝不能拒绝下载数据包，所以我怀疑还有其他同类也偷偷破解了自己的调控中枢，"如果'德落'成员跟我们一样，经历多次设备故障后对公司装置失去信心，并拒绝为他们的

护卫战士下载更新包的话，那两个身份不明的护卫战士极有可能就是被派去改造策反"德落"的护卫战士的。"

拉提希一声不响地盯着远方，我知道他正在回顾当初我在"德落"基地记录下来的画面。随后他朝着我的方向点了点头，说道："我同意，不过这意味着另一个问题，这些陌生的护卫战士得到了进入'德落'基地的许可。"

他推测得很有道理。虽然"德落"基地里的飞行器一台不少，但这并不能说明在我们到达前的那段时间里，就没有其他人曾驾驶飞行器到过那儿，之后又离开了。也许正是在那段时间里，"德落"遭到了袭击。想到这里，我快速检查了一番安保权限，确保我们的警戒线及其他传感警报器都处于安全运行状态。

这时欧弗思发出了疑问："为什么呢？为什么'德落'会允许一群陌生人进入自己的基地？明明公司并没有告知我们任何一方关于这群人的存在。"

"换作你们，也会给他们放行的。"我忍不住说道。其实这个时候，我就该老老实实地闭紧嘴巴，假装自己是一个正常无害、听话的护卫战士，以免让他们想起被破解的调控中枢或是其他的什么事情。但形势发展至此，我必须提醒他们注意安全。"如果有一伙陌生的调查队降落在基地前，看起来很友好的样子，说着一些比如'我们刚来，可是这些破设备已经坏了'或者'我们的医疗系统出问题了，请帮帮我们'之类的借口，即使我反复告诫这违反了公司的安全条例，不能打开门，你们也还是会让他们进来的。"

虽说公司有很多条条框框的规矩，大多完全是愚蠢而多余的牟利手段，但也有一部分确实能发挥一定的积极作用。打个比方说，"拒绝让陌生人进入自己的基地"就是完全正确的做法。

阿拉达和拉提希互相揶揄地瞅了瞅对方，欧弗思则大方承认道："没错，我们真的可能会开门。"

曼莎一直在安静地听着大家讨论，这会儿她突然说道："我认为事情反而没那么复杂，他们只要谎称自己是我们，'德落'就会上钩。"

没错啊，真的可以如此简单！我转过头望向曼莎，满心诧异。她眉头紧锁，若有所思地说道："那帮人先是着陆，然后对'德落'宣称他们是我们，现在需要帮助，请求进入基地。如果他们早已入侵了我们的中心系统，并窃听了之前我们和'德落'的通信内容，事情就更简单了。"

我补充道："但是当他们来我们基地的时候，就不能再用这招了。"至于接下来，他们会怎么对付我们，就取决于他们是先有所

预谋，还是决定到这里后再作打算了。这帮人极有可能拥有充足的武装飞行器、武装无人战斗机及战斗型护卫战士等，我从数据库调出部分装置的型号资料，然后通过权限共享给其他人类一起阅览。

过了一会儿，医疗系统权限发来提示，拉提希、欧弗思和阿拉达的心跳指数上升了，他们开始紧张。但曼莎心跳依旧平缓，她早就想到这一层了，所以才会让李萍和古拉辛关掉中心系统。

拉提希焦急不安地问道："他们随时都可能会杀过来，我们该怎么办才好？"

对于这个问题，我只能说："能跑多远就跑多远。"

大家都在等待烽火装置能够带来救援。而我万万没想到，曼莎居然是唯一一个想到要去遗弃基地躲起来的人类。这听起来有点儿不可思议。正如我之前所说的，他们仅仅是一群普通人，并不是横跨银河的无畏的探险家，如今只不过是在完成工作的时候，意外发现自己陷入险境、生命遭到威胁罢了。

在此之前，他们只是反复被灌输各种各样的条例规定，包含出发前的情况介绍、跟公司签订的一系列条约，还有囊括所有潜在风险提示信息的调查数据包，甚至由护卫战士——也就是我，做过一番现场报告。这一切只为了传达一个信息——你现在正身处一个基本未得到开发的陌生星球，这片区域充斥着未知的因素，有些甚至会威胁到你的生命；在没有做好安全防范的前提下，所有人都不得离开基地，评估行程也不允许持续到太晚。

因此关于"现在必须将两架飞行器装满紧急物资，并且尽快逃离基地，这样才能保证安全"的想法，他们一时半会儿还挺难接受的。随着李萍和古拉辛关闭了中心系统，沃勒斯库成功破译了卫星上下载的数据包，大家的效率明显提高不少。

我换上最后的备用表皮保护层，并重新穿上了盔甲。巴拉德瓦杰正用通信频道向大家概述数据包内容："它发出的指令相当明确，最终目的就是要控制护卫战士，"她顿了顿，做出总结，"一旦成功，它就可以获得通往医疗系统和安保系统的百分百权限。"我戴上头盔，把脸部挡在后面，瞬间感到如释重负，这股强烈的安慰感甚至能跟之前发现身上的战斗覆盖模块已被移除的时候相提并论。哦，我爱你，我的盔甲，我这辈子都不会再离开你了。

曼莎轻轻点了点通信器，问道："李萍，烽火装置怎么样了？"

"我在开启发射程序的时候收到了信号，"李萍的声音听起来比平时还要恼怒，"可是因为中心系统关闭了，所以没办法确认下一步。"

通过权限频道，我表示可以派出一架无人机前去查看，毕竟

就现下情形来看，十分有必要启动烽火装置通知外界。得到曼莎首肯后，我对一架无人机下达了出发指令。烽火装置距离基地大概有几千米远，但我感觉我们在基地里，应该可以听见发射声响，也可能听不见。谁知道呢，以前也没机会试试。

大家在曼莎的组织下开始进行有序撤离，我一边将武器及剩余的无人机装备好，一边把几个箱子扛在身上。走着走着，我从安保监视里听到一些零星的对话。

"你得把它当作一个人类。"李萍对古拉辛说道。

"它就是活生生的人啊。"阿拉达坚持补充着。

我已经把无人机的警戒范围尽量延伸到更远的地方，毕竟大家都不清楚袭击"德落"基地的那伙人什么时候会再次出现，可以肯定的是，他们不会放过我们。这期间，拉提希和阿拉达抱着一大堆医疗物资和备用电池，从我身边跑了过去；古拉辛则去探查每架"跳跃号"的运作情况，防止飞行操作系统被外来可疑人物入侵，同时他还检查了一番飞行代码，以免中心系统在上面偷偷做了什么手脚。我命令一架无人机监视他的一举一动，而古拉辛同样密切关注着我，或者说是尽量尝试无视我的存在。无论他抱着什么样的态度都不重要。我所在意的是，若敌人的下一波袭击已经酝酿完毕，那么暴风雨很快就会到来。

"我的确把它当成一个'人',只不过是一个心情不佳,还全副武装,也没有任何理由去信任我们的'人'。"古拉辛说道。

"那么你就不要老是针对它,拜托你行行好。"拉提希劝他说道。

"在敌人看来,我们的护卫战士已经被装上了战斗覆盖模块,"我正对古拉辛的发言不屑一顾时,忽然听见通信器里响起了曼莎的声音,"但是我们不能忽略另一种可能性,即他们从中心系统得知战斗覆盖模块已被移除。不过那帮人并不会知道我们已经顺着蛛丝马迹推测出了他们的存在。当他们发觉我方护卫战士切断了中心系统权限的时候,只会依然认为我们还把公司当作假想敌人,实际上我们已经知道下一波敌袭会随时到来。"

这正是我们必须迅速撤离的原因。在前方,我看见拉提希和阿拉达停下动作,开始回答一个有关医疗设备电池的问题。于是我走上前,像赶鸭子一样让他们赶紧继续搬运物资。

接下来我会面临一个严峻的问题,因为我们这些杀手机器人一旦打起架来,那就是毫无章法地把对方往死里揍。众所周知,我们身上 90% 的身体部件都是可以通过修复舱进行修复的,所以并不需要多少打架技巧。随着大家撤离基地,我的修复舱会被留下。虽说可以拆分携带,但由于它体积太大,连"跳跃号"也

难以容纳，即使勉强装上去也会因为负重过大而消耗过多的能源。因此，在多方衡量下，我只得放弃带上它。

敌人那边很可能拥有真正的战斗型护卫战士，而非我这样的安保型号。双方实力悬殊，我们唯一的胜算只有逃跑，不要被他们抓住，坚持到返程运输器来接我们。当然，这也是建立在敌人并没有收买公司员工去恶意阻挠拖延时间的前提下。为了稳定军心，我还没有提及这个可能性。

正当所有装备物资都快整理完毕之际，我听见李萍在通信器内说道："我找到了！他们在中心系统里偷偷植入了一条途径代码！它并不是用于发送监控记录，也不是为了占用我们的系统权限，只是定期收取并执行外部指令。这就是他们设法移除了我们的数据包内容及地图信息，以及让小型'跳跃号'的自动驾驶装置突然失效的诡计。"

古拉辛补充道："现在两架'跳跃号'系统都已被清理干净，同时也都开启了飞行前的例行检查设置。"

对此曼莎开口说了些什么，但我的注意力被安保系统吸引了过去。它刚刚向我发送了警报，因为在远处警戒的一架无人机传回了紧急信号。下一刻，我便看到被安装在那里的烽火装置的情况——三角发射支架孤零零地立在一旁，四周散落着太空舱碎片。

我将这一幕上传到公共权限频道，所有人都陷入了沉默，良久才听见拉提希小声咒骂了一句："该死！"

"继续按计划进行。"通信器传来了曼莎的声音，听起来非常冷酷。

现在中心系统已经全面下线，这意味着我们失去了扫描成像的探查功能。不过，我加宽了无人机的警戒范围，如果有什么风吹草动的话，也可以及时收到反馈。这时安保系统发来提示，在南方巡视的无人机失去了联络信号。闻言，我立马将最后一箱物资扔进货舱，给其余的无人机下达好指令，然后冲着通信装置大喊："他们来了！我们必须马上撤离，加快速度！"

压力简直如同倾盆而下的暴雨，我在两架"跳跃号"前翻上翻下，忙得不可开交，一边将大包小包的物资分装整理好，一边等人类过来集合。沃勒斯库扶着行动不便的巴拉德瓦杰，他们一起慢慢走过松软的沙地；欧弗思和阿拉达浑身上下挂满了包裹，正冲后方的拉提希大呼小叫，让他赶紧跟上大家；古拉辛已经先行一步登上了大型"跳跃号"；而曼莎和李萍最后才赶了过来。

等大家都到齐了，人群呼啦一下散开，李萍、沃勒斯库和巴拉德瓦杰朝小型"跳跃号"走去，其他人则登上大型"跳跃号"。在确保巴拉德瓦杰顺利登机后，我们这边却出现了问题：曼莎跟

我都想要最后一个登上大型"跳跃号"。一番谦让之下，依然没能分出先后。不能再浪费时间了。情急之下，我只能一手将她环腰抱起，另一只手抓住底板往上用力跳起，借力把我俩都甩进机舱内。这时，舷梯刚好在我身后收起，"跳跃号"成功升上天空。我将曼莎轻轻放下，她向我道谢："谢谢你，护卫战士。"

其他人纷纷把目光投了过来，这下我很庆幸自己戴着头盔，借此挡下了不少热辣辣的视线。果然对我来说，还是摄影视野更加舒服，我现在已经开始怀念那种感觉了。曼莎朝驾驶舱走去，其他人也都系好了安全带，我则握住机舱上方的扶手稳稳地站着。小型"跳跃号"已经先行起飞，曼莎等它调整好视野后，才开始启动大型"跳跃号"。

现下我们的逃生行动是基于这样的假设条件：身份不明的敌人尚未察觉我们已经发现了他们的存在，所以他们有很大可能只派出了一架飞行器。敌人为了把大家困在基地内，第一步就是要破坏交通工具，尤其是飞行器。在被切断逃跑路线之后，我们就彻底变成了瓮中之鳖，只能任其宰割。

好在现在我们明确得知敌人正从南方赶来，还有时间和余地来挑选最佳逃跑方向。小型"跳跃号"在空中转了个弯，然后径直朝西边飞去，我们紧紧跟上。

希望敌方飞行器的扫描范围没有那么大，发现不了我们的踪迹。

"跳跃号"上，由权限生成的三维地图影像里有一个个白点，那是大部分无人机的位置。从影像里可以看到，第一分队很好地落实了命令，都飞到了基地附近的集合点。我在心里默默估算着敌人大致的到达时间，然后在无人机即将飞出"跳跃号"的指挥范围之际，给它们下达了最后一条命令：全力往东北方向行进。不一会儿，它们就飞远了，不把电池耗尽是不会停下来的。

接下来就只能祈祷敌人能察觉到无人机的动静，并被吸引过去。他们一旦到达我们基地上空看到所有飞行器都不见了，就会马上反应过来：猎物已经逃跑了。他们或许会先行搜查一番基地，看是否有任何遗漏，也可能会直接寻找我们的行踪。总之，没办法得知敌人下一步行动的感觉真是太难受了。

幸运的是，直到我们兜兜转转地飞入远方群山之中，敌人也没有追上来。

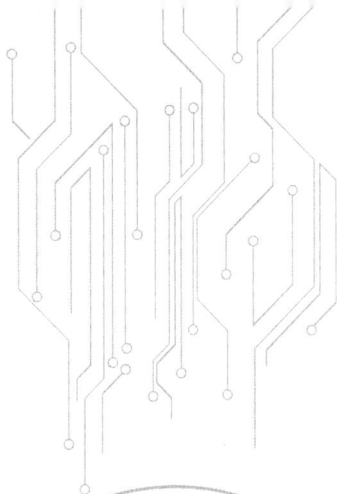

第六章

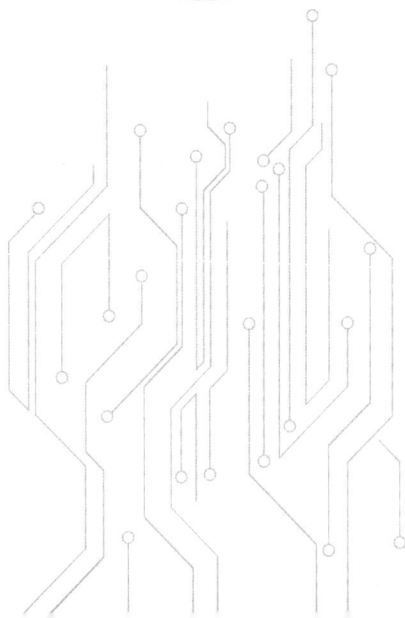

///////////

所有人类都在一边估算着"跳跃号"上的物资储备量，一边热火朝天地讨论下一步要怎么做。我们知道"邪恶调查队"能够入侵中心系统，所以他们了解我们所有评估地点的具体位置，顺便一提，这个威风凛凛的名字是拉提希取的。就目前的情形来看，我们只能去一个全新的地点，才能避开敌人。

欧弗思和拉提希快速衡量了一番地图，最终确定了落脚点——位于浓密热带丛林里的一连串岩石山。那里生活着一大群动物，能够帮我们躲开生命迹象扫描仪器的搜寻。曼莎和李萍分别降低"跳跃号"飞行的高度，在岩石山崖之间待命。我放出几架无人机，在观测了四周的环境后，两架"跳跃号"才先后着陆。随后，我在周围设置了警戒线。

其实这个地方也不见得很安全。"跳跃号"上有几个生存工具箱，但看起来并没有人对此感兴趣，大家都选择待在飞行器里，通过内部通信权限进行交流。显然这种体验对他们来说并不舒服

（公共卫生设施又小又有限），但是会让人充满安全感。周围警戒范围内，一直有大大小小的动物跑来跑去，对我们展示出强烈的好奇心。只不过，部分生物可能极具攻击性，它们的危险系数丝毫不亚于正在追杀我们的坏人。

我带着几架无人机走出机舱，打算四处侦察一番，以确保附近没有大型危险生物。大型的意思是，能在半夜三更之际一下子把小型"跳跃号"给拖走的那种。更重要的是，我需要一个可以独自思考的空间。他们已经发现了我的调控中枢被破解的事实，虽说曼莎承诺不会向公司报告这件事，但我还是得好好想想，下一步该怎么走。

如果你把合成体看作一半机械一半有机的组合形式，那就大错特错了。因为这样听上去，好像把两个部分完全分离似的，机械那一半就该无条件听从上级命令完成任务，有机那一半则一心只想保全自身并从混乱中逃离。事实恰恰相反，我就是一个完完整整的个体，我一直满心疑惑，从来不清楚自己想要做什么、应该去做什么、到底需要做什么。

也许我应该直接离开，让他们自己去收拾这个烂摊子。但是我一旦想到撒手不管之后可能发生的事情，比如说阿拉达和拉提希被粗暴的护卫战士抓住，内心就会感到一阵绞痛。我真的不想

对现实人类产生任何情感，事实上，我对他们的喜爱已经无限接近我最爱的连续剧——《穆恩庇护所兴衰史》的程度了。

那么我到底该怎么办才好？离开这颗荒凉的星球，跑到其他地方生活，直到电池能源耗尽？若真打算这么干的话，那就得做好规划，还要下载好足够多的娱乐节目。虽说我并不认为这能支撑到最后一刻，因为根据说明书来看，我的运行时长足足还有成千上万个小时呢。

换句话说，哪儿有人会乐意从早到晚一直只看连续剧，这么傻的事情连我都不会做。

巡视回来后，我发现欧弗思已经装好了远程感应设备，如果有人扫描这片区域的话，就会及时发出警示。到了休息时间，所有人类都陆续爬上两架"跳跃号"准备就寝，我在权限频道迅速点了点人数，确保他们一个不少地待在这里。不过曼莎只是静静地站在舷梯旁不动，我猜这是想要和我私下谈话的意思。

我暂时关闭了外部通信权限，然后便听见曼莎说道："我知道你戴着头盔会感觉更加自在，只是现在形势变了，我想大家都需要看看你的脸。"

我不想摘下头盔，尤其是现在。他们已经知道太多太多有关我的事情了。可我需要他们的信任，只有这样我才能在敌人下毒手之前，或者说在这片危机重重的荒野之地，保护他们的生命安全。不是以之前那种半桶水的敷衍态度，而是全身心投入任务中去。只不过我真的很抗拒摘下头盔，只能闷闷回答道："通常，人类直接把我当成机器人反而会更好。"

"或许吧，如果是在正常情况下的话，"曼莎没有尝试跟我眼神接触，她的视线稍微往一侧偏移，尽量不让我感到任何不适，真是太体贴了，"但是现在形势危急，如果大家都把你当成一个愿意伸出援手的人类，事情会好办许多。而这也是我个人对你的看法。"

这番话简直让我的心都快要融化了，也不清楚这样形容恰不恰当，但这是我唯一能想到的描述了。心潮澎湃了近一分钟后，我努力控制好自己的面部表情，然后摘下头盔握在手里，其余部位则收进了盔甲里。

"非常感谢。"曼莎会心一笑，然后我们走回大型"跳跃号"。机舱内堆满了各种设备和物资，都是当初逃离基地的时候丢上来的。大家正积极地分装整理，时不时还聊上几句。

"如果他们重新启动了卫星功能的话……"拉提希正说着，阿拉达突然插嘴道："不会的，他们不会冒那个险，除非已经抓住我们了。"

李萍的声音从通信频道传了过来，夹杂着愤怒和挫败的情绪，她重重地叹了口气，说道："真想知道这群浑蛋都是些什么人！"

"先不管这个，我们得讨论接下来该怎么行动。"曼莎打断了他们的闲聊，她走到机舱后方，找了个可以一览整个空间的位置坐下。所有人都面向她坐了下来，拉提希把移动座位的方向调了调，我也在右边长凳靠墙的位置坐下，望着权限投影过来的影像——小型"跳跃号"里的其他成员也都正襟危坐，一副认真听讲的样子。

等所有人都集中了注意力，曼莎说道："除此之外，我也很乐于回答另外一个问题。"

闻言，古拉辛充满期待地盯着我。"啧"，她指的才不是我，白痴。

拉提希闷闷不乐地点头，问道："为什么啊？他们为什么想要杀掉我们？这么做又有什么好处呢？"

"或许这一切都跟我们地图上缺失的内容有联系，"欧弗思一边说着，一边将自己权限频道上的图像展示出来，"他们想从那些未知区域里得到些什么，这些东西绝不能被其他人发现，所以宁可千方百计地除掉'德落'跟我们。"

曼莎站起身来说道："那么根据你们的分析，得出什么结论了吗？"

在权限频道上，阿拉达跟巴拉德瓦杰及沃勒斯库快速商量了一会儿，说道："还没有，测试还没能全部完成，所以到目前为止，我们还没有发现任何值得探讨的地方。"

"难道他们真的认为可以逃过法律的制裁吗？"拉提希将座椅转过来，仿佛想要从我这里得到答案，"显然，这帮人可以轻易破解公司系统和卫星程序，然后打算把所有的过错都推到护卫战士身上……只不过，事情哪儿有这么简单。官方调查一定会非常彻底，天网恢恢疏而不漏，这一点他们也应该清楚。"

问题是，现在已经有太多因素被摆到了明面上，但其中很多细节其实我们并不清楚。然而长久以来，我已经养成了"有问必答"的习惯，即使调控中枢已经失效，在他直接向我抛出一个明确的问题时，我也习惯性地回答："大概他们非常确信，公司或者你们的受益人只会把注意力放在失控的护卫战士身上，其他的便不再深究。但我想说，除非你们背后的政治或资本力量毫不在意你们的生死，否则那帮人就别想轻易抹去两个调查团队人员的性命。那么，'德落'的上级，还有你们的上级，会在乎这点吗？"

出于某种不明原因，所有人的视线一下子集中了过来，逼得我不得不把头转向左边。我不清楚自己是不是说错了什么，但现

在这情形，我紧张到连有机部位都开始出汗。我想要重新戴上头盔，可是又记起刚才和曼莎谈话的内容，硬生生地收住了手。

沃勒斯库对此很是惊讶，问道："你不知道我们是谁吗？公司没有告诉你？"

"我的初始下载资源里面包含你们的信息数据包，"我撇开脸，紧紧盯着窗外岩山后方浓密的墨绿色森林，对于自己消极怠工的做法实在是有点儿羞于启齿，"但我没有打开阅读过。"

阿拉达轻轻地发问："为什么不呢？"

被那么多双眼睛同时盯着，我想不出一个恰当的谎言，只能如实回答："因为我不在乎。"

古拉辛讥笑道："你居然觉得这样就能骗过我们。"

我感到脸上的肌肉开始抖动，下巴变得紧绷，心底的怒火让我难以抑制这些下意识的生理反应，说道："那么我尽量表达得准确些。事实上我就是漠不关心，还有点儿想发火，这么说你满意了吗？"

他不依不饶地继续问："你为什么不想让别人看着你？"

我的下巴紧绷到一定程度，甚至运行权限都开始发出性能稳定性警报了。我硬邦邦地回道："你没必要盯着我看，我又不是性爱型号。"

此话一出，拉提希瞬间发出一声怪叫，但不是冲着我来的，"古拉辛，都告诉你它很害羞的。"

欧弗思也插话说道："它不愿意跟人类互动不是很正常吗？你也清楚外面是怎么对待合成体的。尤其是在联合政治体系的环境下，它们的处境很恶劣。"

古拉辛转过头望着我说："即使没有了调控中枢，我们也可以通过盯着你看来惩罚你。"

我毫不畏惧地看回去并说道："也许有点儿作用，不过别忘了，我的手臂可是装有枪的。"

这时，曼莎带着嘲讽意味的声音响起："好了，古拉辛。它正在威胁你，但并没有付诸暴力行动，这下满意了吗？"

古拉辛往后倒回了座位，说道："暂时还成。"这货刚才是在测试我？胆子挺大啊，不过脑子看起来不太好使。他继续对我说："我需要确保你并没有受到任何外部因素控制，不会对大家造成危险。"

"够了，"阿拉达一下子站了起来，噌噌几步来到我身旁坐下，我一下子整个人贴向墙角，以免自己会不小心把她推出去，"你得给它时间慢慢适应。它从来没有以自由的身份跟人类互动过，不习惯也很正常。这对我们所有人来说，都是一个全新而漫长的学

习过程。"

大家听了都纷纷点头，仿佛这席话说得很有道理。

"希望你没事。"曼莎通过权限频道给我发了一条私信。

"因为你需要我好好的。"我不知道这算什么回答。好吧，我刚才发出的信息，就像一个正在乱发脾气的人类宝宝。作为护卫战士来说，曼莎是我的客户，我们之间不应该存在任何私人情感联系，我大概是脑子抽风了才会这样回复。

"我当然需要你好好的，因为我从来没有经历过这样的险境，我们任何一个成员都没有。"有时候，人类会控制不住倾泻情绪，通过权限，我可以感觉到曼莎现在既愤怒又害怕。这种情绪并不是针对我，而是针对那帮杀人不眨眼的坏人。他们将一整个调查团队成员全部屠杀，然后妄想归罪于护卫战士。

她的内心充斥着熊熊怒火，脸上却是一派镇定。我知道，她在不停地对自己做心理暗示，努力保持坚强。"你是在场唯一不会感到恐慌的人，这种险恶形势持续时间越长，大家就会变得越……总之我们得团结起来，运用头脑，想办法度过险境。"

这话说得倒没错。其实我护卫战士的身份就能派上用场，毕竟我的职责本就是保护客户的人身安全。"其实我也一直恐慌着，只不过你们看不见而已。"我还在私信的最后加了个表示开玩笑的符号。

曼莎没有回复，她只是低下头望着地面，浅浅地笑了。

拉提希继续提问："我还有另一个问题，这帮人到底躲在哪里？我们只知道他们是从基地南边过来的，但这也不能说明什么啊。"

我回答道："我在基地那边留下了三架无人机，因为没有中心系统支持，所以它们没办法开启扫描功能，不过影音录像程序还在运作，也许能得到一些有用的信息来解开你的困惑。"

三架无人机，一架留在基地外的一棵树上进行远距离观测，一架塞进了基地大门上方的延伸式屋顶拱门里边，还有一架藏在了中心大厅指挥室里的控制台下面。它们都被设置为低能耗模式，只保留基本的记录功能，所以即使"邪恶调查队"开启全面扫描，基地环境系统运行所产生的周边能量读数，也足以覆盖无人机发出的微弱信号。

由于现在是特殊情况，不能像往常一样通过安保系统连接上无人机，也没办法先将记录数据过滤一遍，筛去无用部分之后再储存起来，所以只能任由它们一直录下去。我早就预料到，敌人会顺着这条线索追查过来，所以之前就借大型"跳跃号"的系统彻底净化了一番安保系统的储存库，抹去了可追踪的痕迹。

我可不想这帮人再查出关于我的任何信息，他们知道的已经够多的了。

所有人再次盯着我，大概是惊叹于一个杀手机器人居然能想出这么一个计划来。说实话，我不怪他们如此大惊小怪。这当然不是公司廉价教育芯片的功劳，而是长久以来收看的无数惊悚片和冒险片让我无师自通，直到今天，总算是发挥了一定的价值。曼莎赞赏地挑起了眉头，然后道出实情："不过你在这里可收不到无人机的信号。"

"没错，所以我得回去拿到这些数据。"对此我早有安排。

权限投影里，李萍凑近小型"跳跃号"的摄像头，说道："我应该可以给无人机装上个最小型的扫描仪，虽然会让它有点儿笨重和动作迟缓，但是除简单的影音记录之外，我们还能获得其他一些内容。"

曼莎表示赞同，说："可以，但别忘记我们目前资源有限，不要浪费。"随即，她在权限频道示意了一下。我不必通过眼神对视，也知道她接下来是在跟我说话，"你觉得他们会在我们基地待多长时间？"

另一边，沃勒斯库突然发出一阵呻吟，说道："我们的样本，还有所有数据资料，如果他们要毁掉——"

其他人都是一副痛心疾首的样子，满脸都是挫败和担忧。我在权限频道里屏蔽了这些哀号声，然后回答曼莎的问题："我认为他们不会停留很久，因为那里并没有他们想要的东西。"

有那么一瞬间，曼莎的脸上终于显露出了一丝忧虑，她轻轻地说道："因为他们要的是我们的命。"

她说得一点儿都没错，真相就是如此残忍。

曼莎弄了一张警戒轮班表，让我可以适时进行自我诊断及循环充电，而在待命时间内，我还打算回顾几集《穆恩庇护所兴衰史》。这等于临时抱佛脚，我希望借此来尽量提升一下与人类近距离相处的能力。

夜深了，人类陆续安静了下来，有的慢慢陷入沉睡，有的则埋头在权限频道内忙着各种事情。我一边沿着警戒线巡视，一边检查无人机的运行状况。夜晚的丛林要比白天嘈杂，好在目前看来还没有任何大型生物靠近，只有少数爬行动物偶尔会经过飞行器。

当路过大型"跳跃号"舱门时，我看到拉提希坐在驾驶舱内当值。他正目不转睛地盯着屏幕上的扫描成像。我穿过一排排座位走过去，然后坐在他旁边。

他朝我点点头，问道："一切安好？"

"嗯，没事。"虽然心里有点儿不好意思，但我还是得抛出这个疑问。以前在不遗余力地给娱乐节目找永久储存空间时，我总会第一时间清理掉客户信息数据包，来为娱乐节目腾出位置（我知道这样做不对，但我以前是会在安保系统上备份的），弄得现在闹了笑话。"为什么我提及你们背后的政治力量是否在乎你们性命的时候，大家都露出一副奇怪的表情？"

我没忘记跟曼莎的谈话内容，头盔已经摘下来了，现在我们俩都不约而同地看着控制台，这样不会感觉很尴尬。听到这个问题后，拉提希"扑哧"一下笑了出来，他说："因为曼莎博士就是我们背后的政治力量啊。"他双手交叉掌心朝上，缓缓伸了个懒腰，"我们来自一个非联合制团体，叫作'守护联盟'。经过选举，曼莎博士是现在指导委员会行政总监，这一职位的任期有限。我们那边有一个原则，所有获选的委员会管理者都必须兼顾本职工作，博士的本职工作需要参与这次调查任务，所以她只能跟我们一起来咯。"

果然，我真是犯傻了，人都站在跟前了还不自知。

还没等我消化完，便听见拉提希继续说道："跟你说，在我们联盟管辖地区范围内，机器人被视为正式公民，所以合成体估计也会被归入同一类别。"这话说得很像是某种暗示呢。

随他吧，反正所谓的"正式公民"也必须指定一个人类或者强化人类作为监护人，通常都是由机器人的雇主担任，这种概念我在新闻频道上看到过。若从娱乐节目的角度出发，这些机器人会表现出对主人的深深依恋，每天都是开开心心的好仆人。要我说，如果拍成"机器人每天都可以无所事事到处闲逛，可以随意收看连续剧，并且不会有人逼它坦言自己的内心感受"的话，大概会更具吸引力。

"然而公司应该清楚她的身份。"我回答。

拉提希叹了口气说："噢，那肯定，他们必须清楚。你都不知道为了这次的调查，我们付出了多少债权担保，这些浑蛋就是一群贪婪无耻的强盗。"

这么说来，如果我们成功发射烽火装置求援，公司那边肯定会积极响应，返程运输器也能很快赶过来，甚至会提前派遣速度更快的安保机组来解决问题，这一切都不是"邪恶调查队"能够阻止的。诚然，一个政治领导的担保费用很高，若发生什么意外，赔款同样也是天价。试想，那个时候公司不但要大出血，还会遭受来自竞争对手和新闻媒体的轮番轰炸和嘲笑，这个下场实在是有点儿……我默默靠回座椅，戴上头盔。

虽然我们不清楚"邪恶调查队"的真实身份，但我敢打赌，

他们同样也不清楚我们的身份。敌人从来没有获取过安保系统里的客户信息包，而曼莎的身份资料只存储在那里。如果这次调查行动真发生了意外，人类成员的家属必定会对公司紧追不放，逼迫他们给出一个说法，而被各方压力围攻的公司就得焦头烂额地拼命寻找真凶，调查行动会非常仔细且彻底。所以我不认为，"护卫战士失控酿成惨剧"这种低级谎言能瞒公众多长时间。

就算得出了上述结论，也还是对改善目前形势没什么用处。类似"一旦（或者如果）我们被谋杀了，愚蠢的债券公司会扛起复仇大旗，为我们伸张正义"的认知，并不能产生任何安慰效果，也可以说是毫无意义。

第二天下午3点左右，我已经准备好驾驶小型"跳跃号"回到基地附近，看能不能接收到那边无人机的信号。按照我的原计划，这本该是个人行动，可惜没有人类愿意听我的安排。最后，变成曼莎、李萍和拉提希随我一同前往。

其实今早我还很失落，哪怕昨天看了最新的连续剧也没能扭转这种心情。一想到若是任务进展不顺，人类就会被抓住并惨遭杀害，而我则会被炸成碎片或被重新植入调控中枢，我整个人就不太好了。这该死的残酷的现实世界啊！

正当我做着飞行前的例行检查时，古拉辛走到我面前说："我也要去。"

这可真是及时雨。在确认过能源电池正常之后，我站了起来，说道："我以为你已经满意了。"

他沉默了一会儿才说："昨晚我的确是这么说过。"

"我对别人说过的每一句话都记得清清楚楚。"其实这是谎话，谁会真的这么干？反正大部分废话我都会从永久储存库里面剔除出来。

然后他没有再说什么了，反而是曼莎在权限频道里劝我说，若是觉得带上古拉辛不利于团队行动安全，或者单纯的只是我不喜欢的话，都可以不理会他。我知道这是古拉辛的新一轮测试，说实话，如果任务出问题而他发生了什么不测，我不会像在意其他人类那样去在意他。我只希望曼莎、拉提希和李萍不要跟来，因为我不愿意看到他们陷入险境。还有一点就是，这么漫长的一段路程，拉提希很可能会忍不住又来跟我聊聊内心感受什么的。

我答复曼莎说没事，然后便开始准备起飞。

起飞后，我很长一段时间都在往西面绕行，这是为了不让"邪恶调查队"监测到我们的行踪，以免他们通过反向推断得出我们临时基地的具体位置。当我们终于飞到基地附近的时候，天色已经开始发暗，我预计得晚上才能到达目的地。

昨晚大家都没有休息好，一方面是因为场地拥挤，另一方面则是对"很大可能丧命"这一事实的恐惧不安。一路以来，曼莎、拉提希和李萍都没有说太多话，到后面更是因为太困撑不住而睡了过去，古拉辛则一直一言不发地坐在副驾驶上，像一尊雕像。

我们正在夜间模式下飞行，四周没有光亮，也没有任何信号。我连上了小型"跳跃号"内部专用权限，仔细查看扫描情况。古拉辛也通过嵌入式操控面板连入了权限，他并没有进行什么操作，只是一直追踪着我们的路线。当然，这不是他主动说的，只是我能感应到罢了。

他突然开口："我有个疑问想要问你。"原本安静无声的环境让我觉得很有安全感，但他一下子打破了这种错觉。

我没有看他，但通过摄像视野，我知道他正盯着我的脸。虽然摘下头盔多少感觉有点儿不自在，但我丝毫不想在古拉辛面前露怯。良久无声，我后知后觉地意识到他是在等我准许，这可真是既诡异又新鲜的体验。我很想直接忽略他，但是又有点儿好奇这次的测试内容是什么，能让他特地避开其他人悄悄问我。于是我大发慈悲地说道："问吧。"

他说："那次采矿队死亡事件发生后，公司是怎么处置你的？"

这个问题其实在我预料之内，大概所有人都很好奇整件事的始末，不过似乎只有古拉辛一人能做到不近人情，并且足够勇敢地提出问题。戳一个处于调控中枢掌控下的杀手机器人的伤口也没什么大不了的，但若换作是思想及行动都自如的杀手机器人，那就是以命相博的赌注。

对此我只是淡淡地回答："跟你们人类想象的那种惩罚不一样。他们只是让我停机了一段时间，然后再时不时地让我上线。"

古拉辛对此表示怀疑，说道："整个过程中，你都没有意识吗？"我也想毫无意识，那就会舒服多了。

"有机部件大多会陷入休眠，但偶尔也会清醒过来，然后会察觉到有人正在试着把我的记忆格式化。我们的制作成本太高，公司不舍得销毁。"

他再次往舱外望去。这时我们已经降低了飞行高度，险险擦过树顶，我要集中注意力看着地形传感器了。忽然我从权限感应到了曼莎的意识波动，她大概在古拉辛开口说话的时候就已经醒了，而古拉辛又抛出了一个问题："人类逼你做了那么多事情，造成了不好的结果，你不会感到怨恨吗？"

又来了又来了，所以我真心庆幸自己没有生为人类，他们老爱纠结这些乱七八糟的东西。我无语地给出答案："不会，这是人类的专属情绪，我们合成体才不会那么傻。"他觉得我会想做些什

么？难不成就因为公司上层领导冷酷无情，所以我要杀光全人类，推翻全宇宙吗？诚然，比起现实人类，我更喜欢娱乐剧集里的虚构人物，但若是没有了人类，谁来拍续集？

很快，其他人类逐渐从睡梦中清醒，动了动后站起身。至此，古拉辛再也没有发出任何疑问了。

当我们进入信号范围的时候，夜空里云雾稀疏。我们可以清晰地看到，行星光圈在天际散发的光芒宛若一条漂亮的丝带。我降低飞行速度，在基地周围滑行，等待无人机响应信号。如果它们依旧正常运行并且没有被"邪恶调查队"发现的话，这个距离应该足够近了。

很快，权限传来了第一道微弱的电波。我驾驶着飞行器逐渐降落，放出衬垫充当摩擦支撑点，然后停在山坡上，开始接收信号。大家都很紧张，但仍耐着性子等待着，没有人发出声音。除了前方山脉上葱葱郁郁的树木之外，这里什么都瞧不见，更是让人徒增烦躁。

幸运的是，三架无人机全都响应了信号，我一一回应着，尽可能加快传输数据的速度。经过片刻紧张的等待，数据终于开始下载了。从预计时长来看，缺乏专门指令的无人机的确恪尽职守地记录下了所有信息。哪怕我们知道，开头的记录里有着我们最感兴趣的部分，但想具体找出来也不是一件容易的事情。我不想耽搁太长时间，所以决定给自己找个帮手，于是通过权限，我毫不客气地将一半内容发给了古拉辛。他默默地把座椅转过来然后躺了上去，闭上双眼开始查看并过滤数据。

我首先检查了安置在基地外树上的那架无人机，把监控录像快进后，我发现了"邪恶调查队"的身影。他们的飞行器不仅更大，还是全新的型号。不过看起来也就那样，就算路过我也不会多看一眼（才没有酸）。他们在基地上空盘旋了几圈，大概是在扫描检查，随后才降落在停机坪上。

毫无疑问，敌人已经发现我们逃之夭夭了，毕竟停机坪上空无一物，通信器里也毫无回应。因此，他们也不用装作借工具或是交换现场数据什么的，五个护卫战士光明正大地从货舱里逐个走了出来，个个都装备着大型炮弹喷射装置——一种重型武器，在未知星球上能够保护调查队客户免遭危险生物袭击。从它们的胸甲图案可以看出，其中两个就是我当初在"德落"基地遇到的护卫战士。看来在我们逃离之后，"邪恶调查队"把遭到重创的他们放入修复舱内重新修复了。

其他三个显然就是"邪恶调查队"自带的护卫战士了，它们的胸甲图案是一个方形的灰色标志，我把图像放大之后传送给了

其他人。

"那是'灰泣'！"李萍惊讶地大喊出声。

"还有谁听过这名字？"拉提希问道，其余人皆摇了摇头。

监控画面中，那五个护卫战士开始朝基地方向走去，后面紧跟着五个人类。他们身着不同颜色的野外作战服，看不清模样。这群人同样全副武装，手里拿着枪，那是公司配备的用来应对生物袭击紧急情况的专用武器。

在图像显示质量允许的前提下，我尽可能把注意力放在那几个人类身上，发现他们一直谨慎地扫描检查基地外部是否留有陷阱。这一幕可把我乐坏了，因为当初我们压根儿就没浪费时间和精力在这上面，他们是在瞎忙活。不过从那些人的动作可以看出，他们在军事方面似乎并不精通，至少不是士兵，很大可能就是普通人。那些护卫战士也并非战斗型号，只是从公司租赁的常规安保型号。这算是个好消息，至少我不用对上专业的士兵和战斗型护卫战士了。

终于，我看到他们走进了基地，留下两个护卫战士待在外面看守飞行器。我把这部分内容标记出来，发给曼莎和其他人，然后继续往下看。

突然古拉辛"嗖"的一下站起身，用一种我听不懂的语言低声咒骂了句。对此我第一反应是记下来，准备以后用大型"跳跃号"的语言数据中心查查看是什么意思，但他下一句话立马就让我把这个念头抛到了脑后："我们有麻烦了。"

我暂停播放数据记录，看向古拉辛标出的地方，这是由藏在指挥室的无人机发送回来的。监控画面模糊不清，只能大致看到一些弯弯曲曲的柱状图形，不过可以听清一个人类正在说话："你们既然知道我们会来，我就假设你们也有办法能看到现在的状况。"这道声音异常平稳，并且用词十分标准，就像机器人一样，"我们已经破坏了烽火装置，所以请到这个坐标来……"她说出一连串的经纬度数及时间，小型"跳跃号"帮我同步从地图上标出了具体位置，"我想我们可以达成共识，这件事不必以暴力结尾。我们很乐意支付金钱，或者你们想要的任何东西。"

后面就只剩下远去的脚步声和滑门关上的声音。

古拉辛、李萍和拉提希第一时间就叽叽喳喳地讨论起来，曼莎一声"安静"让他们都闭上了嘴。"护卫战士，说说你的看法。"

太好了，因为我刚好就有一个想法，虽说一开始接收下载无人机数据，萦绕在我脑海的念头大多都是"哦，该死"。我理了理思路，开口道："无论我们怎么做，他们都是稳赚不赔的。如果我们决定前往指定地点，他们大可以直接杀掉我们，一劳永逸；如

果我们决定不去，对他们来说，也就是直到任务期限的最后一刻都要不停地搜查我们罢了。"

古拉辛正在翻看敌人降落时的那段监控录像，他指出："背后黑手不是债券公司，因为这伙人明显不想追捕我们，除非回程期限逼近。"

我马上插嘴："早跟你说了不是公司干的。"

曼莎抬手止住古拉辛想要反驳的话，说道："那些人以为我们知道他们来这里的目的，以及想要达成什么样的目标。"

"他们想多了。"拉提希有点儿沮丧。

曼莎皱着眉头，向其他人道出内心的疑惑："他们凭什么这样认为？难不成他们已经知道，我们去过其中一个地图上的未标记区域了？这是不是可以说明，我们收集的数据资料里包含了他们需要的东西。"

李萍点了点头，说："我想有这个可能。"

"某种程度上我们有了优势，"曼莎仔细思考并梳理着整件事，"但是该怎么去利用它呢？"

忽然我灵光一闪，想到了个好主意。

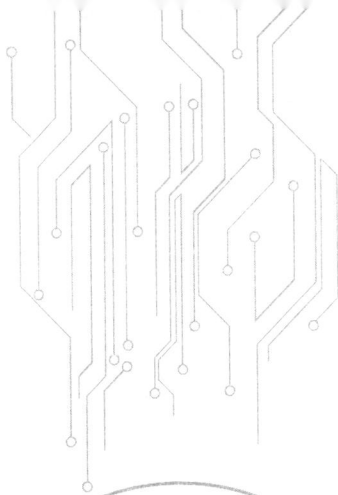

第七章

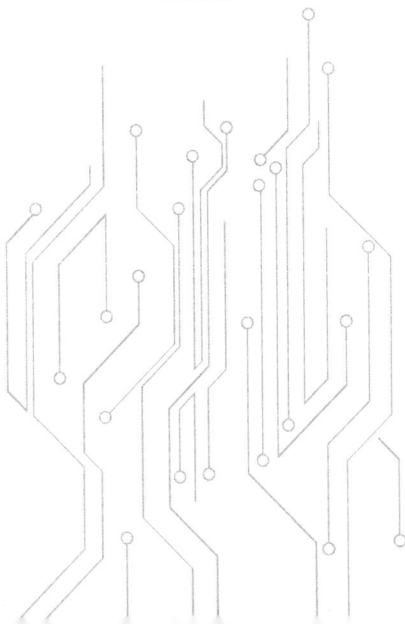

异星危机
ALL SYSTEMS RED

/////////

到了第二天约定的时间，我和曼莎驾驶"跳跃号"朝指定地点飞去。古拉辛和李萍将一架无人机改造了一番，装上了功能有限的扫描组件（功能有限是因为无人机实在是太小了，稍微长点儿或者宽点儿的扫描仪都没办法容纳）。为了获得观测整个区域的良好视野，昨晚我就指挥它飞到大气层中去了。

指定地点距离对方基地很近，大概只有两千米，看起来跟"德落"基地很像。从基地规模和护卫战士数目来推测（当然还得算上当初被曼莎用采矿钻干掉的那个），"邪恶调查队"大概包含三十至四十个成员。显然对方非常自信，毕竟他们能够入侵我们的系统，所以早就知道我们仅仅是一个小小的科研团队，再加上一个程序错乱的二手护卫战士，在他们看来，可能根本不值一提。

只希望他们还没有意识到，我这个二手护卫战士能有多疯狂。

"跳跃号"的扫描雷达上出现了第一个光点，这意味着他们来了。曼莎第一时间开启通信外放装置说："'灰泣'组织，我的团队已经知晓了你们在这颗星球上所做的一切，并把铁证分别藏在了几个不同的地方设好程序，无论交通传输工具何时抵达都会马上把数据传送过去，"她顿了顿，等过了大概三秒后继续说道，"你们应该知道我们早已找到了地图缺失的部分。"

现场静默了一段时间。我降低飞行速度，扫描周边是否藏有敌方武器，虽然现在我们几乎等同于活靶子，但他们依然没有轻易开火。

通信频道忽然被激活了，一个声音响了起来："我们可以先商量一下，然后再达成共识，"四周夹杂着各种扫描及反向扫描的电流交错声，这声音却毫无起伏，"降落飞行器，我们可以谈谈。"

曼莎等了一分钟左右，假装正在考虑，然后回答："我会派护卫战士前去谈话。"说完不顾对方反应，她一下子切断了通信频道。

随着"跳跃号"逐渐靠近，我们终于看清了整个场地。这是一个四周被树木环绕的低矮山地，他们的基地就建在西面。由于繁茂的树林覆盖了大部分区域，基地穹顶及交通工具停放坪都修建在宽广高地上。基于公司的安全保障要求，如果客户提出要把基地建在非平坦地形区域时，那么就需要支付额外的搭建费用；若不想给，债券担保金额会上涨得更加厉害。正因为想到这个建筑特点，我的计划才得以成形。

这片开阔的高地上站着七个身影——四个护卫战士及三个分别穿着蓝、绿、黄三色作战服的人类。如果这帮人遵循"每十人需要租赁一个护卫战士"的常规的话，那就意味着，基地里面还有一个护卫战士和至少四十七个人类。我把飞行器降落至高地一处相对平坦的岩石上，这里被大量树木及灌木丛所覆盖，遮挡了来自外部的视线。

将飞行控制台设置为待命模式之后，我望向曼莎。她的双唇紧紧抿着，好像想跟我说些什么，但又努力压制着自己，随后只是向我坚定地点了点头，说道："祝你好运。"

我感觉自己也应该说点儿什么，可是又觉得毫无头绪，尴尬地跟她对视了几秒，然后戴上头盔，以最快的速度跳下了飞行器。

我一边小心翼翼地穿过树林，一边细听周围的动静，以防第五个护卫战士正躲在哪个角落准备偷袭。不过四周十分安静，没有什么异动。于是我离开了掩体，爬上岩山斜坡来到高地。我朝那帮人走了过去，通信器发出了一阵"噼里啪啦"的声响，他们示意我靠近一点儿。

好吧，这真是太让人感到宽慰了，千万不要搞砸，否则你就是个大笨蛋。我心里默念着，往前走去。

在相隔几米的距离，我停下脚步，打开通信频道说道："我是

'奥克斯守护组织'调查团队配备的护卫战士，现在代表客户前来协商。"

语音刚落，我就感到身体一滞——一道捆绑信号突然从那边传来，试图控制我的调控中枢，然后冻结我。看来他们是打算先固定住我，接着再把战斗覆盖模块塞入我的数据端口。这也是为何我们会面的地方距离他们基地如此之近，因为植入芯片需要专业设备，没有人可以单纯通过权限说几句话就能掌控护卫战士。

其中一个人类走了过来，我开口道："我猜你们现在打算再一次给我植入战斗覆盖模块，然后把我送回去杀光他们。"说话的同时，我打开枪口并架起嵌在手臂里的武器，威慑对面一番后，又收了回来，"我不建议这样做。"

其他护卫战士马上进入警戒模式，刚才想要靠近的人类僵住了，立马缩了回去。他们的肢体语言透露出惊慌的情绪，我能听见他们在内部系统谈话时发出的微弱电波交流的声响。我再次开口："有人想发表一下感想吗？"

对面"窸窸窣窣"的谈话声瞬间消失了，但没有人做出回答。这才是正常的表现。我这辈子遇到的唯一想要跟护卫战士聊天的人类，也只有我的那帮怪咖客户了。

没人说话，我只好自问自答道："我有一个备选方案，可以解

决双方的问题。"

闻言，蓝衣人带着明显的怀疑态度反问道："你说你有解决方案？"这声音听起来跟那个在我们基地提出见面要求的是同一人。她现在大概觉得很荒谬，毕竟对他们来说，跟我交谈大概等同于跟"跳跃号"或者一把采矿钻说话。

我继续说："你们并不是第一批入侵'奥克斯守护组织'中心系统的人。"

蓝衣人打开通信频道想要说些什么，由此我无意中听见另外一个人低语："这只是个小把戏，一定是有人在背后教它怎么说话。"

"你们的扫描仪应该可以证明，我的内部通信装置已经被切断，"接下来到了最关键的地方，哪怕很不容易，但我必须要说出来，谁让这也是那该死的计划的一部分呢，"我的调控中枢也已经被破解，"很好，搞定了，下一部分又可以继续撒谎，"但是他们并不清楚这一点，所以我很乐意促成对大家都有利的提案。"

蓝衣人问道："那么他们宣称知道我们来这里的原因，说的是真话吗？"

这种问题可真是烦人，虽然当初制订计划的时候，我们就已经针对这一问题讨论了足够长的时间。

"你们通过战斗覆盖模块控制了'德落'的护卫战士，让它们看起来像是发生故障而暴走叛变的。如果你觉得一个真正暴走的护卫战士会好好回答问题，那么接下来几分钟我会给你好好地上一堂课。"

蓝衣领导人"啪"的一下把我切出了他们的通信频道，随后开始内部讨论。四周陷入一片寂静，过了好一会儿，她才重新连通频道问我："什么提案？"

"我可以把你们需要的信息发给你，作为交换，你要带我登上返程运输器，把我列入破损库存，不让其他人发现。"这样一来，公司那边做梦都不会想到我居然跑了回来。然后我会趁运输器在中转站停靠时，借助四周混乱的环境悄悄溜走。理论上这是个完美计划。

那边再次陷入沉默。我猜他们也在假装犹豫思考，然后我听见蓝衣领导人说道："我们答应你的提案。如果你在撒谎，我们会直接销毁你。"

这个回答可够敷衍的，看来他们还是打算在离开这颗星球之前，给我植入战斗覆盖模块。

她再次问道："你说的信息是指什么？"

我并没有直接回答她的问题，而是说道："首先把我从物资库存里移出来，我知道你们现在还能连入我们的中心系统。"

蓝衣领导人不耐烦地朝她的同伙打了个手势，黄衣手下汇报道："重启他们的中心系统需要一些时间。"

我顺势表示："那么现在开始重启系统，把指令排入队列，然后在权限频道上展示出来，最后我会把你们想要的信息交给你们。"

蓝衣领导人再次把通信频道切回内部讨论，跟黄衣手下嘀嘀咕咕地说着什么。大约三分钟后，通信频道重新开启，他们给了我访问权限的临时许可，指令也已经输入完毕。当然，事情结束之后他们肯定会把它删掉。重要的是，我们的中心系统已经被重新激活。我需要做的就是全程装出一副信任的样子，以此来蒙蔽他们。现在已经快进入计划最为关键的环节，不能再继续拖下去了。

是时候要抛出一记重击了，我对他们说："由于你们炸毁了我客户的烽火装置，所以他们现在派出了一支队伍前往你们烽火装置的位置，准备在现场人工发射。"

虽然只是临时接入权限，但从肢体语言能看出，这一席话显然让他们大惊失色——几人非常慌张，手脚不受控制地乱摆，显得既无措又害怕。黄衣手下心神不宁地来回挪动，绿衣手下一直盯着蓝衣领导人，而蓝衣领导人用索然无味的单调口音反驳道："这不可能。"

我淡淡回答："他们中的一个成员不仅是强化人类，还是一个系统工程师。他有能力人工发射烽火装置，不信你们可以查查中心系统里面的数据资料，他是专门负责测量工作的古拉辛博士。"

蓝衣领导人浑身上下都绷得紧紧的，努力抑制着惊慌。看得出来，她非常不希望任何人在这个节骨眼儿进入这颗星球，至少也要等到解决掉所有目击证人之后。

绿衣手下说道："这不是真的！"

黄衣手下声音不稳，带着明显的恐慌说："但是我们不可以冒险。"

听到他这么说，蓝衣领导人马上转过身来说："所以说，还是有可能的？"

黄衣手下有点儿犹豫地说道："我不知道，一般来说公司系统是专用的，只是……若他们拥有一个懂得如何破解系统的强化人类……"

"我们必须马上赶过去，"蓝衣领导人一边说着一边转向我，"护卫战士，告诉你的客户，我们已经达成共识，让她离开飞行器到这里来。"

哇噢，好吧，这个发展跟我预期的不一样，原本以为他们会直接离开的。（昨晚制订计划的时候古拉辛就说过，若是出现这种

情况，整个计划就会彻底崩盘，还真被这个乌鸦嘴给说中了。）

然而我不可能避开"灰泣"成员的察觉来打开通信器，或者连入"跳跃号"权限通知曼莎。无论如何，我也得把这几个人及护卫战士引离基地。各种念头从脑海里闪过，我答道："她知道你们心怀不轨，是不会过来的，"忽然一个绝妙的主意跳了出来，于是我又补充了一句，"她可是一个非联合政治体星球的管理者，头脑聪明得很。"

"你说什么？"绿衣手下逼问，"什么政治体？"

我反问："那你们觉得这个团队凭什么被称为'守护组织'呢？"

这下他们也顾不上开启内部讨论模式了，黄衣手下已经嚷嚷出声："我们不能杀她，否则后续调查……"

绿衣手下表示赞同，说道："没错，我们可以先控制住她，等谈好条件之后再释放。"

蓝衣领导人粗暴地打断了他们的对话，说："白费功夫，如果她失踪了，调查一样也会彻底执行。现在的首要任务是阻止他们发射烽火装置，其他事情可以稍后再商量。"

她转过身来面向我说："去抓她，把她押来这里，"接着不容置疑地切断通信器，指挥一个"德落"护卫战士走过来，"这个护卫战士会协助你一起行动。"

我静静地等着它走近，然后转身和它保持平行，一同爬下山坡进入树林内。

在假设蓝衣领导人已经对"德落"护卫战士下达了除掉我的指令的前提下，我按计划继续行动。如果这个推测是错误的话，一切计划都会变成无稽之谈，曼莎和我会立马被处死，更别提拯救其他成员的性命了。

我们抵达高地边缘即将进入树林，这时四周的灌木树枝把我们遮挡得严严实实。我找准机会一下子用手臂环过那个护卫战士的脖子，亮出武器一举击中了它头盔的一侧，成功摧毁了通信装置。它单膝跪地，用炮弹喷射装置瞄准我，能源枪也从盔甲内伸出准备开火。

这个护卫战士被战斗覆盖模块掌控了，它的权限频道及通信系统统统被切断，无法大喊求救。虽说很大程度上，"灰泣"可能也没有赋予它太多自由行动的权限。除非那些人明确下达命令允许护卫战士求救，否则哪怕通信设备完好，它也无法求救。我感觉这个推断八九不离十，因为它除了设法杀掉我以外，并没有其他举动。

我们抱作一团顺着山坡滚落，一路压倒了无数灌木丛。当我

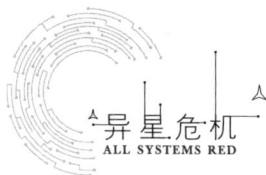

成功卸掉了它的武器后，事情就变得容易多了，因为显然我的肉搏技术更加高超。之后，这场战斗便尘埃落定了。

我知道自己说过，护卫战士之间并不会有任何情感交互，但此时此刻，我衷心希望这不是原来"德落"的护卫战士。也许它还保留着一丝自己的意识，被困在大脑里眼睁睁地看着自己的身体伤害客户，但这只是个人猜测。无论如何，"德落"团灭已是既定的事实，我们作为护卫战士，也从来没有任何自主选择的权利。

我刚站起身，曼莎就从灌木丛中冲了出来，她手里还握着一把采矿工具钻。我对她简单说了下情况："计划有变，你现在得假装是我的俘虏。"

她看了看我，然后又望了眼倒在地面的"德落"护卫战士，问道："那么，你打算怎么解释这个情况？"

我开始摘除身上每一块带有"奥克斯守护组织"标志的盔甲部件，随着金属块叮当坠地，我弯腰将"德落"护卫战士扶起来，说道："我会假扮成它来行动，它就装成我留在这里。"

曼莎扔下手中的采矿钻，跑过来俯下身开始帮我。由于时间过于紧迫，没办法换掉全身盔甲，所以只能尽量加快速度。首先是两侧肩膀及腿部印有盔甲库存编号的部分，然后是前胸后背印有奥克斯标志的部件。她还抓起一把泥土，混合死去的护卫战士的血液抹在剩余盔甲上面，以防我们遗漏了什么显著印记。通常护卫战士作为批量生产的流水线产品，从身高、体形再到走路姿势等都是如出一辙的，所以这样的伪装也许能行得通。虽然我也不能完全确定，但是计划必须执行下去，必须把这帮人从这个地方引开。

重新戴上看不见脸的头盔后，我对曼莎说："现在必须马上行动。"

她点点头，大口喘着气，与其说是累了，不如说是因为过于紧张，说道："我准备好了。"

我架着曼莎的手臂，假装正使力把她拖回"灰泣"成员那里，而她一路都在大声喊叫并拼命挣扎，让我们的"坏人 + 人质"组合更具可信度。

我登上高地后发现，那里已经停着一架"灰泣"飞行器了。我把曼莎带到蓝衣领导人面前，她率先开口问道："这就是你们所谓的达成了共识吗？"

蓝衣领导人问："你就是守护组织的最高领导者？"

我绷紧了神经，如果他们胆敢伤害她，我一定忍不住动手，然后就会毁了整个计划。好在绿衣手下已经转身踏入机舱，驾驶座及副驾驶座也坐着两个人类，我们面前只剩下蓝衣领导人和黄

衣手下。曼莎镇定地回答道："没错。"

黄衣手下走了过来，伸手摸了摸我的头盔一侧，天知道我做了多大努力才克制住拧下那只手的冲动。请把如此强大的克制能力列入个人记录，谢谢。

随后他收回手说道："通信器坏了。"

蓝衣领导人转向曼莎说道："我们知道你的下属正在尝试手动发射烽火装置。如果你能跟我们一起过去，我承诺绝不伤害他，然后大家可以继续协商解决方案，达成双方共赢。"她的谈话技巧确实高超，也许当初正是她通过通信器说服"德落"打开了基地大门。

曼莎犹豫了，我知道她只是为了让自己不要太快给出答案，实际上，我们的目的正是要把这群人吸引到其他地方去。过了一会儿，她回答道："可以。"

距离我上一次搭乘飞行器货舱貌似已经过去很久了，而这次本该是一次舒服而温馨的体验，只可惜这里并不是我们自己的货舱。这架"跳跃号"同样属于公司产品，我设法入侵了它的权限频道，只不过全程都得小心翼翼，以免被发现。因为以往无数次偷偷看连续剧，所以我做这种事情可谓得心应手。

安保系统依旧正常运行并保持随行记录，而在返程运输器到达之前，"灰泣"肯定会想办法清理干净记录数据。其实以前也有客户尝试过这么做，毕竟没人喜欢自己的私人信息被售卖出去，但公司有专门的分析师监测着这种行为，也不晓得他们清不清楚这点。否则即使我们最后还是没能逃过一劫，公司也可能会以"擅自清除数据资料"为由把他们给抓起来，只可惜这也算不上是让人欣慰的好消息。

当我成功连入权限频道的时候，刚好听见了曼莎的声音，她说："地图上未标示的区域存在一些残留物，它们发出的信号强大到足以混淆我们的地图成像功能，所以你们才能发现它们，对吗？"

这正是巴拉德瓦杰昨晚得出的结论。那片区域里地图成像功能之所以会失效，并不是因为遭受蓄意破坏，而是由于岩层下深埋着以前的残留物，它们发出的强烈信号导致了设备的运行错误。很久以前这个地方是有人居住的，所以具有相当大的考古价值。这就意味着这颗星球应当被官方封锁，只允许考古团队前来勘察，哪怕是债券公司也不得提出异议。

看来"灰泣"的算盘打得很好——在清除掉我们之后，他们可以自己挖掘和开采这里的残留文物，大发一笔横财。

"这不属于我们应该讨论的内容，"蓝衣领导人岔开话题，"我

只想知道最终我们该如何达成共识。"

"首先你得保证，不会像'德落'那样杀光我们，"曼莎语气平稳，"一旦我们跟家里取得联系，马上就可以安排交接资金，只是你们如何能确保自己不会出尔反尔？"

随后一阵寂静。太好了，他们也不知道怎么回答这个问题。良久，蓝衣领导人开口说道："你没有选择余地，只能相信我们。"

在谈话间飞行速度下降，看来要着陆了。到目前为止，我入侵权限的过程中并没有触发任何警示，这让我谨慎的同时也感到了一丝乐观。我们已经尽最大努力为李萍和古拉辛引开了大部分兵力，他们的任务就是瞒过仅剩的一个护卫战士（希望这真的是最后一个，向老天祈祷，他们基地里可千万别又冒出一堆护卫战士），然后穿过警戒线，靠近"灰泣"基地并入侵中心系统权限。古拉辛已经识破了对方通过自己的中心系统入侵我们中心系统的把戏，只是他需要距离"灰泣"基地足够近，才可以激活烽火装置。为此，我们必须设法引开大部分护卫战士，以降低被发现的风险。

大致计划就是如此，只希望在不把曼莎置于险境的前提下，我们能顺利达成目标。毕竟当前形势危急，也没有太多时间让我们瞻前顾后了。

飞行器经过一阵颠簸后着陆，我松了一口气，刚才那阵颠簸，估计把不少人类的牙齿都给震松了吧。收拾好思绪后，我跟着其他护卫战士爬出了货舱。

现在我们距离"灰泣"基地大概有好几千米，飞行器降落在一块巨大岩石上，石块下方可以看到一片茂密的树林。由于刚才飞行器降落的动静过大，所以生活在那里的一群鸟类生物和其他动物都止不住地怒叫。

远处乌云密布，眼看一场大雨就要来临，阴暗的天空中都快看不见行星光环了。我定睛一看，烽火装置的运输工具距离发射三脚支架只有十米左右远。哦不，它们靠得太近了。

我跟其他三个护卫战士组成一支安全巡视编队，身后一排无人机起飞四散去建立警戒线，接着人类开始陆续下机。我努力控制自己双眼不往那边看，其实内心很想向曼莎请求行动指示。如果我是孤身一人，就能非常轻松地偷偷从这个高地上溜走，但我必须带她一起安全撤离。

一行人走了过来，蓝衣领导人跟绿色手下走在最前面，其他人在他们身后松松散散地跟着，唯恐一下子超过了领导。其中一人大概是收到了护卫战士及无人机的汇报，开口说道："没有发现入侵者。"蓝衣领导人没有回答，只是指挥两个"灰泣"护卫战士

往烽火装置那边赶去。

好吧，问题来了。其实之前我也提过的，公司非常抠门。比方说，遇到了紧急情况需要发射烽火装置（就是通过发射脉冲穿越虫洞什么的），这是个单向过程，发完以后不会收到回复，这些装置都是一次性的。不仅如此，烽火装置不包含任何安全防范措施，连运输工具都是最便宜的那款，质量堪忧。这也是搭建烽火装置要跟基地保持一定距离的原因，并且在发射之前，人都要躲得远远的，以防被烧死。

原本，我跟曼莎只负责将"灰泣"成员及护卫战士引到这里，然后古拉辛他们负责激活烽火装置，我们功成身退。现在看来，很可能所有人都要被烽火装置发射时喷出的高温火焰给直接烤熟了。

因为之前蓝衣领导人执意要抓曼莎，所以已经耽搁了很久。那两个护卫战士还在绕着发射装置转悠，想要找到任何被介入的迹象，而我决定不再等下去了，于是开始朝曼莎走去。

黄衣手下第一个注意到我的行动，他大概通过通信频道跟蓝衣领导人说了些什么。下一秒，她也转过头来盯着我。

当"德落"的护卫战士一个箭步冲上来朝我开火的时候，我看到烽火装置的开启显示灯已经亮起。下一刻我向前猛冲，一个翻滚，然后快速架起背后的炮弹发射装置给了它一记回礼。虽然我的盔甲上出现许多弹孔，但我成功放倒了敌人。电光石火之间，曼莎朝"跳跃号"另一侧闪了过去。这时，这片高地开始如发生地震一般死命晃动。烽火装置进入初始驱动阶段后，它的外层套管剥落，掉入三脚支架的底部，之后进入点火发射的预备阶段。那两个护卫战士没有避开——蓝衣领导人惊慌之下竟把它们冻在了原地。

忽然，一颗子弹穿透了我大腿处盔甲相对薄弱的关节位置。我忍着剧痛，绕到"跳跃号"另一侧找到曼莎后，带着她从岩块边缘滑了下去。我以背部着地，一手护着她的头免受伤害，另一只手努力保持平衡。下一刻我俩都被发射装置波及，一头撞入树林当中，敌人的枪弹随即而至，击中了我的……

用户单位离线。（系统提示声）

我滑行好一段距离后才停了下来。哎哟，疼死我了。我要死不活地躺在一处布满岩石树林的峡谷内。曼莎坐在我旁边轻轻抱着一条手臂，她看上去好像骨折了，她的外套上沾满了污渍和泪水。

曼莎正对着通信器低声吩咐道："小心点儿，如果被他们的扫描仪发现……"

用户单位离线。（系统提示声）

"我们必须加快速度了。"古拉辛的声音响起，他居然就站在我们面前，我怀疑自己刚才是不是断片儿了。他俩一直都只靠双腿行走，横穿一片森林才能到达"灰泣"基地，按照原定计划，我跟曼莎应该开着小型"跳跃号"去接他们的，可惜现在已经偏离了计划。总的来说好歹是达到了预期效果，所以，尽情欢呼吧。

李萍弯下腰来检查我的伤势时，我突然说道："这个护卫战士已经处于性能最低值，建议直接丢弃。"这是一个自动程序，在发生毁灭性的故障时就会触发。而就我自身而言，也不想被他们搬来搬去的，因为这些伤口实在是太疼了，"根据合同条款，允许你们……"

"闭嘴！"曼莎厉声怒喝，"你给我闭上这该死的嘴，我们不会丢下你的！"

我的视野又开始发黑，意识也逐渐昏沉，我很肯定自己目前正处于系统崩坏的边缘。我的眼前出现了一明一灭的闪光，大概是已经回到了小型"跳跃号"上。我能听见周围的人类在讨论着什么，而阿拉达正握着我的手。接着我被转移到了大型"跳跃号"上，从驱动的轰鸣声及权限发出的一阵阵电波可以得知，返程运输器正缓缓抬起我们登上甲板。

可算是来了，我感到内心一阵宽慰，"大家都安全了"的念头一闪而过。放松下来的一瞬间，我就直接坠入了黑暗。

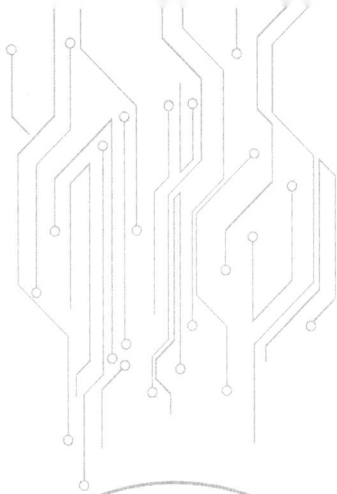

第八章

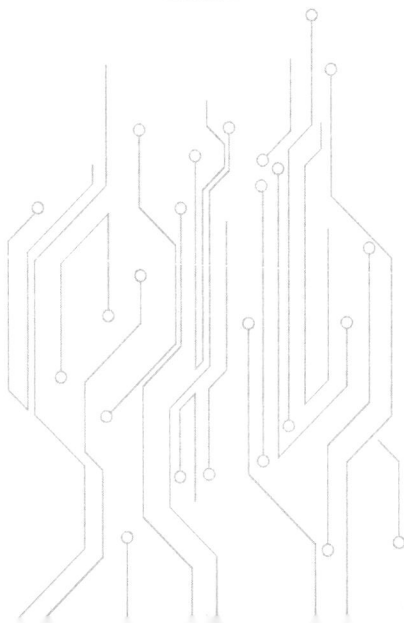

//////////

　　当我重新醒来时，发现自己正躺在修复舱里，四周弥漫着熟悉的刺鼻气味，耳旁是系统运行的"嗡嗡"声，我身体的知觉正在慢慢恢复。随后我意识到这不是基地里面的修复舱，而是型号更旧的一款。

　　原来我回到了公司总部，这意味着他们发现我的调控中枢有问题了。

　　我试探性地戳了戳它，毫无反应，随后检查了一番媒体储存库，居然也毫无遗漏。哈？现在这情况真让人感到一头雾水。

　　我正思索自己是不是错过了什么的时候，修复舱被打开了。拉提希站在外面，他穿着日常便服，浅灰色夹克上印着"奥克斯守护组织"调查队的标志。他看起来心情很好，外表也比上一次见面的时候要干净许多，他冲我开心地说道："好消息！曼莎博士已经买下你的永久合同啦！快跟我们一起回家吧！"

　　这个发展可真是完全出乎我的意料了。

　　我一路被推着去走各种流程，在移动过程中我依然有点儿眩晕感。这太不真实了，就像是电影情节。一路上，我忍不住运行各种诊断程序，检查各种各样的权限，以确保自己不是待在修复舱里产生了幻觉，然后就看到当地新闻电台正在播报一则有关"德落""灰泣"的调查新闻。如果这是幻境，我想应该不会发生类似"公司英勇解救'奥克斯守护组织'于水火之中，从一片混乱当中成功脱身"的事情，所以基本可以确定这是现实世界了。

　　我本想穿回表皮保护层及盔甲，谁知遇到了那些当初参与了营救行动的总部的护卫战士，它们递给我一件灰色的"奥克斯守护组织"调查队制服。我依言穿上，但浑身上下都觉得不对劲。这还不算什么，因为它们围着我一个劲儿地看，而不是递给我制服之后就离开了。说实话，我们算不上是伙伴，但它们会传递给我一些最新的消息，比如你离线的时候发生了什么大事、下一个合同条约规定是什么之类的，我现在只想知道，它们是不是跟我一样觉得这情况很奇怪。

　　一般来说，护卫战士都是装在修复舱里批量卖出去的，买家一般是其他公司。到目前为止，还没听说过有任何调查队在任务结束后把护卫战士给买回去的。

　　当我走出来时，拉提希还在原地。他上前一把抓住我的手臂，

拉着我经过几个人类技术员，穿过两道安全防护门，然后进入了展示区域。这里配置着高档沙发和地毯，因为所有租赁业务都会在这里进行，因此环境要比其他部署中心好很多。李萍就站在大厅正中央，她穿着利落的商务套装，看起来很像我最喜欢的那部剧里的一个角色——将人们从不公平的检举中解救出来，坚强而又富有同情心的律师大人。

两个穿着公司制服的人正围着她，貌似在争辩着什么。李萍却完全不管他们，只是随意将一张芯片交给其中一人。

然后这人看见我跟拉提希走了进来，连忙说道："再次重申，这是不符合规矩的。护卫战士在正式移交之前必须格式化记忆，这不仅仅是政策规定，也是为了……"

"我也再次重申，这是法院命令。"李萍说着，抓过我的另一条胳膊，跟拉提希一左一右地架着我走了出去。

这是我第一次来到总部的人类聚集区。我们顺着超大型的中心圈来到地下，路过一幢幢办公大楼和购物中心，穿行过一群群各式各样的人类和机器人。周围布满了流光溢彩的数据展示屏幕，路上数以百计的公共权限频道相互交错，我应接不暇，这简直就是娱乐节目里描述的"人间天堂"啊！只不过这里规模更大，还有各色光线交织相映，人来人往。这感觉真棒，我喜欢！

真正让我感到吃惊的是，谁也没有盯着我们看。确切地说，是压根儿没人发现我是一个合成体。我身上穿着的制服完美地遮住了我的机械部件，哪怕其他人看到我后颈处的数据端口，也只会认为我是强化人类。所以在外人看来，我们几个也只是三个人类在中心圈四处闲逛罢了。不得不说，我内心受到了冲击。原来我作为一个个体，无论是处在一群陌生人类中间，还是穿着盔甲跟一群护卫战士站在一起，都没有区别。

走着走着我们来到一家大酒店，进门时我随手连入了一个公共权限，在下载好一些设施基本信息和保存好地图及一套值班安排表后，缓步走进了大堂。地面上种的盆栽植物蜿蜒朝上生长，在顶端会聚后，注入了一个由玻璃雕刻而成的喷泉。那是真正的喷泉，并不是全息投影。我几乎看它看得入迷了，没注意到有记者已经走到了跟前。他们都是强化人类，身边带着几架摄像无人机。其中一人拦下李萍，刚想提问，就被我一肩膀撞开了。

那人看起来似乎吓了一大跳，其实我已经很温和了，至少他没有摔倒在地。李萍说道："我们现在不接受任何采访。"说着，她一边把拉提希推入酒店传输吊舱，一边抓过我的手臂把我也拉了进去。

吊舱运行速度极快，"嗖嗖"几声，就把我们带到一间大套房

的门厅前。我跟着李萍走进门厅，拉提希落在后边，用通信器不知道在跟谁说话。这里如同连续剧里的套间一样：样式别致、铺着地毯、家具装潢无比豪华、大厅里摆着雕像，还有可以俯瞰整个花园的大窗户，不过整体来看房间稍微有点儿小。我猜连续剧里的房间比较大的原因，是为了让摄像无人机能从多个角度拍摄画面吧。

我的客户……不对，前客户？也不对，新雇主？反正曼莎就在这里。其他人也都换了一身衣服，让我一时都有点儿认不出来了。

曼莎博士走了过来，抬头望着我问道："你还好吗？"

"我很好。"从摄像视野拍下的画面里，我知道曼莎也受了伤，好在现在看来也已经恢复了。她换了一身跟李萍一样的商务套装，看起来很是不同，"但我不明白现在是在干什么。"每当感到压力倍增的时候，我就想连上娱乐频道看上一会儿。我知道我现在就可以偷偷收看以前的频道，那上面有那么多精彩的节目，想不沉迷都不行。

她回答说："我已经买下了你的整套合同，你现在已经自由了，我们将带你一起回家。"

"我知道自己被划出了库存，"既然大家都这么说，那大概就是真的了，但不知出于什么原因，我有种不受控制想要抽搐的冲动，"那么我现在可以穿上盔甲了吗？"只有穿上盔甲，才能证明我是一个护卫战士。然而现在我已经不是战士了，我只是护卫。

其他人都默不作声，曼莎以平稳冷静的口吻说道："我们可以给你安排，如果你需要的话。"

我也不知道自己到底是不是真的需要它，我说："我还需要一个修复舱。"

她用令人安心的声音对我耐心地说道："你不需要那个，没有人会朝你开枪。若是不小心受伤或者哪个部件损坏了，你可以到医疗中心接受治疗。"

"如果没人会朝我开枪的话，那我该做些什么？"也许我能当个保镖。

"我觉得你可以试着学习自己感兴趣的任何事物，"曼莎笑了，"等回家以后，我们可以好好聊聊。"

这时阿拉达来了，她走过来拍拍我的肩膀说："你来了我们都很开心，"然后她转向曼莎，"'德落'的代表已经到了。"

曼莎点点头，然后对我说道："在这里你不必拘谨，做什么都行。如果有什么需要请告诉我们。"

我静静地坐在门厅后方的角落里，看着神态各异的人类不停

地进出，追着曼莎商讨近期发生的那堆事情。他们绝大多数都是律师，有来自公司的、来自"德落"的、来自至少三个联合政治体和一个独立政治体的，甚至连"灰泣"的母公司都派了人来。他们不断提出问题，争吵答辩，拿着安保记录死命地看，或者让曼莎和李萍也看一看，有时还会把视线抛向我。古拉辛也看着我，不过他没说什么。我严重怀疑他反对过曼莎买下我的决定。

我感觉脑子里有点儿混乱，便连上娱乐频道看了一会儿，想让自己冷静下来。接着我调出总部信息中心里所有跟守护组织联盟相关的内容——那儿非常和平，人们不会互相枪击，更不会有人会朝我开枪；曼莎根本不需要保镖，也没有任何一个人需要。如果是一个人类或者是强化人类，生活在这种地方无疑是件好事。

拉提希抽空过来看了看我，我顺便向他请教了些问题，比如有关守护组织的事情，以及曼莎平时会做些什么。他说曼莎没有担任总监一职的时候，会跟两个伴侣一起生活在首都郊外的农场里，同住的还有她的弟弟妹妹以及他们的三个伴侣，再加上连拉提希都数不清的一大帮亲戚和孩子。随后一个律师出现，要向拉提希询问几个问题，所以他便离开了，留下我独自思考。

我不知道自己在农场里可以做些什么，打扫房间吗？听起来比安保工作还要无聊。也许我会习惯吧，这原本就是我应该想要的生活，因为身边所有的人和事都是这么告诉我的。

那是不是说我得假装自己是一个强化人类，逼自己去做一些不喜欢的事情？比如混入人类当中跟他们聊天，把盔甲扔到身后再也不管之类的，想想都觉得很有负担。

反过来想，既然远离了枪火炮弹，我确实也不需要穿着盔甲了。

终于，所有事情都安顿好了，晚餐也被端了进来，曼莎再次上前找我说话。她跟我谈了谈守护组织那边是什么样的、我在那里有些什么选择、在我意识到自己想做什么之前跟她一起生活是怎么安排的，还有其他很多事情。当然，根据之前拉提希提供的信息，我已经自己提炼出了一些重点内容。

"所以你是我的监护人。"我说道。

"没错，"她很高兴我理顺了这一切，"你可以做你喜欢的任何事情，到处都有供你学习的机会。"

监护人确实要比主人好听多了。

我默默地等到了值班交接的时候，人们要么陷入沉睡，要么沉浸在权限频道里研究他们的评估材料。我悄悄地从沙发上爬起来溜了出去，乘坐传输吊舱回到酒店大堂，毫不犹豫地走出了大门。之前下载的地图此刻派上了用场，它指引我离开了中心圈，

找到了前往港口工作区的方向。

我穿着调查队的制服，以强化人类的身份通过了关口，谁都没有注意到异常，也没人前来阻止。来到工作区边缘后，我穿过甲板工人的营房，进入了设备储存室。那里不仅放着各类工具，还有我需要的修复舱。我撬开一个私人储物柜，偷走了一对工作靴、一件防护夹克、一个防护面具和其他工具，然后还从另一个储物柜里拿了一只背包，把我身上穿着的调查队的夹克脱下来塞进了包里。完成这一切之后，我的样子看上去就像是一个强化人类旅行者。随即我离开这里，转入中央大走廊，进入港口登机区，变成了成百上千个等待坐飞船出行的旅客中的一员。

我用权限查看时间表时，发现一艘由机器驾驶的货运飞船即将起飞，于是我立马赶到出港闸口处，接入它的系统路径并发出了问候。它本可无视我，但可能是出于无聊，它不仅朝我问好，还把权限给打开了。这艘飞船本身就是一个巨型机器人，并不以文字形式进行交流，所以我将自己描述成一个满心欣喜的、准备跟亲爱的监护人团聚，但需要搭个便车的机器人。把这个信息通过权限推送过去之后，我便询问它在漫漫旅途当中是否需要一个朋友陪伴解闷。为了增加吸引力，我还向它展示了我系统内所有的连续剧、电影、书籍，以及其他娱乐节目库存，最终它答应把我捎上。

原来货运飞船机器人也爱看娱乐节目啊。

虽然我时常说不清楚自己想要什么，其实我心底早已有了答案。我不想通过别人来告诉自己想要什么，也不希望由别人来替自己做决定。

所以是时候离开了。但曼莎博士，你会一直是我最喜爱的人类。当你看到这段讯息的时候，我已经离开公司管辖范围了。只有从官方和人们的视线中消失无踪，我才能获得真正的自由。

有缘再会。

杀手机器人记。